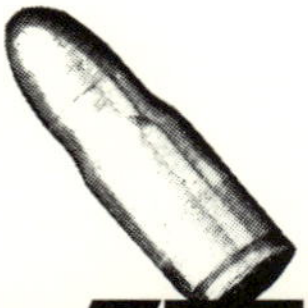

theater book 008

VERSUS
死闘編〜最後の銃弾

Takahashi Isao

高橋いさを

論創社

VERSUS死闘編~最後の銃弾◉目次

装幀 栗原裕孝
写真 原 敬介

VERSUS死闘編〜最後の銃弾

［登場人物］

○近田真介（囚人）
○笠原（囚人）
○内藤虎雄（カジノ支配人）
○拳也（その部下）
○榎本　誠（脱走者）
○ナオミ（ボスの情婦）
○原田（強奪犯）
○ワン（その仲間）
○ヒデ（その仲間）
○元村（刑事）
○伊丹（看守／声のみ）

❶〜同房の男①

舞台中央奥に外部と内部を仕切る重量感のある鉄の扉。
その扉が重々しい音で閉まって暗転。
舞台に明かりが入ると、そこはとある刑務所の独居房。
一二月二四日の午後七時半くらい。就寝前の自由時間。
若い囚人は、毛布にくるまってうたた寝している。
中年の囚人は壁によりかかって雑誌「プレイボーイ」を眺めている。
しばらく聞こえるのは房の外から微かに聞こえる風の音だけ。
と若い囚人——近田真介が「わあッ」という叫び声とともに飛び起きる。
悪夢でも見たのかハアハア言っている。

笠原　どした？
真介　（ハアハア言っている）
笠原　また怖い夢でも見たか。
真介　いや——。
笠原　ここにいるヤツァみんな訳ありだ。珍しいことじゃねえけどな。
真介　……。

笠原　だが毎晩だとこっちも参るぜ。
真介　すんません。
笠原　ホントだよ。だいたいここは本来、独居房《ひとりべや》なのによ、定員オーバーだか何だか知らねえけど、こっちはいい迷惑だよ。
真介　溢れてますもんね、今、ココ——受刑者が。
笠原　偉そうに言うなッ。てめえが食らい込まなきゃこんな狭いトコに二人押し込められなくて済んだのによ。
真介　……。

笠原、雑誌のページをめくり、

笠原　ほう。（と感心し）堪《たま》らんケツだぜ。へへへへ。こんなネーチャンと温泉でも行ってしっぽりとナニしてえよなあ。
真介　できるじゃないですか、もう出所なんだから。
笠原　そんなに簡単にいくかよ。
真介　……。

と看守の靴音が遠くで聞こえる。

笠原　へへへへ。何かあったな、あの野郎。
真介　え？

笠原　担当の看守さんだよ、あの――でけえ。サンタさんにプレゼントでももらったかな。フフ。
真介　？
笠原　ココに長くいると、靴音で看守さんの機嫌もわかるようになるんだよ。
真介　へえ。
笠原　もっとも、あの看守さんとも今日でお別れだがな。

看守の靴音、遠くなって消える。

笠原　何年だ。
真介　ハイ？
笠原　あんたの刑期。
真介　四年です。
笠原　二度目って言ってたよな、食らい込む（実刑）の。
真介　まあ――けど正確には初めてと言うか。
笠原　なら教えといてやるよ。先週、初めてココに来た時、聞いたろ、オレに。
真介　何をですか。
笠原　「何をやらかしてココに食らい込んだのか」って。
真介　ハイ。
笠原　ココじゃお仲間に聞いちゃいけねえことが二つある。ひとつは「そいつが過去に何をやったのか」だ。
真介　……。

笠原　そいつは、てめえからしゃべるまで聞いちゃなンねえ。
真介　すいません。
笠原　とは言え、みんな心のなかじゃこう思ってる。「コイツはいったい何やらかしたんだ」「どんな修羅場を潜って来たのか」「殺しか、強盗《たたき》か、それともただのコソ泥か」——口にこそ出さねえが、心ンなかはガツガツした芸能レポーターみたいなもんよ。
真介　もうひとつは？
笠原　「ここから出てそいつが何をするか」だ。
真介　……。
笠原　ま、何だかんだ言ってもたったの四年だ。せいぜいおとなしくして、刑期が終わるのを根気よく待つこったな。うー寒《さむ》い。

笠原、雑誌のグラビアを見ている。
それを見ている真介。

真介　うれしいですか、こっから出れて。
笠原　まあ——なあ。
真介　……。
笠原　何だ、出たくねえのか、お前は。
真介　あんなひでえトコ、もう二度と。
笠原　あんたに何があったかは知らねえが、そりゃかなりの重傷だ。
真介　……。

笠原　短い付き合いだったがあんたとも今日でお別れだ。
真介　……。
笠原　話して楽になるんなら、刑務所《むしょ》暮しの最後の土産《みやげ》に聞いてやってもいいぜ。
真介　はあ。
笠原　ま、話したくねえなら聞かねえが。
真介　ひでえことに巻き込まれて——。
笠原　ひでえことに巻き込まれたって思ってるヤツがいるトコだぜ、ここは。
真介　……「あばよ、地獄で会おうぜ」——そいつは、最後にそう言って拳銃を。

笠原、話を聞く態勢になる。

笠原　ほう。で——？
真介　今からちょうど一年前のクリスマス・イヴ——すべては闇カジノ「ピンク・フラミンゴ」の売上金強奪から始まったんです。

音楽！
真介と笠原は去る。（二人はそれぞれ毛布と枕を持って行く）

❷〜メリー・クリスマス

ヒデ、ワン、原田が出てくる。三人は、同じ場所に一度、集まって顔を見合わせる。
と、三人は黒いマスクを取り出して被る。
原田、拳銃を出して装弾の確認。
と、別の場所から内藤が出てくる。
内藤を見る人々。

内藤　（うなずく）

内藤とともに原田とワンは去る。
ヒデは反対側に去る。
と内藤の声が聞こえる。

内藤の声　いいか、最後の確認をもう一度する。その日、店にはその週の売上金がたんまりと集められている。金は町金《まちきん》の配るティッシュのマークの入ったダンボールのなか。それを運ぶのは拳也っていう店のディーラー兼用心棒だ。

拳也が大きなダンボール箱を持って出てくる。
カジノの事務所。

内藤の声　本来ならこの男に加えて元相撲取りの馬鹿でけえ用心棒が二人、売上金の護衛として張りつくが、その相撲取りは、その日、ボスの旅行のお供で店にはいねえ。

拳也、箱の上に座って腕時計を見る。

内藤の声　とは言え油断は禁物だ。コイツも伊達《だて》に用心棒をやってるわけじゃねえ。××（選手名）と手合わせしても引けを取らねえK１崩れだ。

とそこに派手なパーティードレスを着たナオミが来る。

ナオミ　何してるの。
拳也　あ、いや。
ナオミ　遊ぼうよ、あたしと。せっかくのクリスマスなんだから。

と拳也にもたれかかるナオミ。

拳也　やめてくださいッ。
ナオミ　大丈夫よ。パパは当分帰って来ないんだから。

拳也　あんたと妙な噂が立ったら生きてられませんよ、オレ。
ナオミ　意気地がないのねえ。
拳也　そんなことより出てってください。まだ仕事があるんで。
ナオミ　何よ。
拳也　コイツ（金）を取りに来るんですよ、あんたのパパのところの若い衆が。
ナオミ　何かヘン。そわそわしてる。
拳也　いいから出てってください、ほら、早くッ。

と、ナオミを外に出そうとする拳也。

内藤の声　時刻は午後九時、ジャスト。店の電気が一斉に消える。それを合図に行動開始だ。

と「ガコン」という消灯音とともに暗くなる舞台。
ハッとする拳也。
と、ワンが拳也に飛び掛かる。

拳也　てめえ！

暗闇のなかでダンボール箱をめぐって揉み合う二人。

原田　動くなッ。

と声がして懐中電灯の明かりで拳也を照らす原田。

原田　死にたくなかったら、その手を放せ。

と拳也の顔に拳銃を押し当てる原田。

拳也　（放して）……。

原田、拳也に一撃を加えて倒す。

拳也　ぐおッ。

倒れる拳也。
ワン、ダンボール箱を奪って去る。
それを追おうとする拳也。

原田　（それを銃で制する）
拳也　……。
原田　メリー・クリスマス——プレゼントだ。

と拳也を蹴り倒す原田。

原田　ハハハハ。

と笑って走り去る原田。

ナオミ　何よ、あれ――。

拳也　くそッ。（と銃を出し）ここにいろ！

と、それを追う拳也。
ナオミもそれを追う。

内藤の声　金を奪ったら店の裏手の駐車場まで一気に走れ。そこでオレが待っている。

内藤が出てくる。
店の裏手の駐車場付近。
反対側からヒデが走り出る。

内藤　車はッ。

ヒデ　（うなずく）

内藤　（原田たちに）こっちだ！

ワンが走り出る。
そこに駆け寄るヒデ。
ダンボール箱を開けて喜ぶ二人。
内藤は、逃走車の確認のために一度、去る。
そこに原田が走り出る。

内藤の声　首尾よく金が奪えたとしても喜ぶのはまだ早い。長くこの世界に生きてきて発見した真実はただひとつ。それは——。

そこに拳也が拳銃片手に飛び込んで来る。
不意をつかれて反撃できない原田たち。

内藤の声　どんな犯罪も絶対に計画通りには運ばねえってことだ。

そこへ内藤が出てくる。

内藤　拳也。
拳也　内藤さん——。

と、突然、拳也の銃を持った手を取る内藤。

拳也　！

内藤と揉み合う拳也。

拳也　テメーどーういうつもりだッ。
内藤　早くッ、早く行け！

拳也、銃で内藤の腹を撃つ！

人々　！

倒れる内藤。

原田　てめえッ！

と、拳也を撃とうとする原田。
拳也、近くにいたヒデを引き寄せて人質に取る。

原田　！

そこにナオミが出てくる。

拳也　（ナオミに）馬鹿ッ。来るなって言ったろう！

と原田、近くにいたナオミを引き寄せて人質に取る。

拳也　！

対峙する原田と拳也。
拳也、仕方なくヒデを放す。

ヒデ　（ワンの後ろに回って）ふざけやがってこの野郎！（と拳也に言い）――怖かったよオ。

拳也、拳銃を捨てる。
ワン、ダンボールを運び去る。
ヒデはナオミを連れて去る。
原田、銃で拳也を威嚇しながら去る。
車が勢いよく発進する音。
拳銃を拾い、それを追う体で一度、走り去る拳也。
倒れている内藤。
雨が降っている。
拳也、戻ってくる。

内藤　（倒れたまま）行ったか。
拳也　ええ。

内藤、むっくりと起き上がる。

内藤　お前がいいＫ１ファイターになれなかったのがわかったぜ。
拳也　え？
内藤　ショーは本気でやっちゃダメなんだよ。

と痛がる内藤。

内藤　なんて面《つら》してんだ。客が騒ぎ出す前に店に戻って電気つけろ。
拳也　……。
内藤　心配すんな。
拳也　じゃなくて――。
内藤　じゃなくて何だ？
拳也　あの女が――。
内藤　女？
拳也　ナオミさんが。
内藤　あのノータリンがどーかしたのか。
拳也　奴らといっしょに。

内藤　いっしょに何だ。
拳也　連れてかれて――。
内藤　連れてかれた？
拳也　ええ。

と、真介が出てくる。続いて笠原。

内藤　奴らのクルマでか。
拳也　（うなずく）
内藤　どーいうことだ。
拳也　ですから、その、その誘われたって言うか、たまたま事務所に来て。
内藤　誘われた？
拳也　ボスがいなくて構ってもらえないのがアレだったらしくて――そこに奴らが。
内藤　見られたって言うのか、今のドンパチを。
拳也　（うなずく）
内藤　馬鹿野郎ッ。（と殴り）なんで取っ捕まえなかったッ。
拳也　すいません。あっという間のことで。
内藤　（考えて）……拳也。
拳也　ハイ。
内藤　まだ死にたかねえよな。
拳也　もちろん。

内藤　だったらボケッとしてるヒマはねえぞ。
拳也　は？
内藤　「は？」じゃねえよッ。探すんだよッ、女を！
拳也　でも。
内藤　でも何だッ。
拳也　奴らがあの女をそのへんで捨ててくれりゃあ何にも問題はないわけで。
内藤　捨てて戻ってきて、オレがピンピンしてるのがわかったらどーなる？　いくらあの女がヌケててもおかしいと思うんじゃねえか。
拳也　……。
内藤　早く行け。こっちはオレが何とかごまかしとく。見つけたら連絡しろ。
拳也　わかりましたッ。（行こうとする）
内藤　拳也ッ。
拳也　（止まる）
内藤　そいつ（拳銃）に実弾入れンの、忘れんなよ。

拳也、走り去る。

内藤　くそッ。

と走り去る内藤。
舞台に残る真介と笠原。

笠原　ふーむ。
真介　何か？
笠原　オレといい勝負だな、今の男。こーんな腹して。ドスコイドスコイ！（と相撲を取り）ワハハハハ。
真介　……。
笠原　何だよ、その目は。
真介　いえ。
笠原　誰なんだよ、今のドスコイは。
真介　闇カジノの支配人の内藤虎雄。
笠原　どんな知り合いだ。
真介　それはこれから話します。
笠原　だいたいあんたが出てねえじゃねえか、今の場面。
真介　次に出ます。じゃ――。

と一度去る真介。

笠原　おい――。

舞台に一人残る笠原。

笠原　……ダくしょん！（と、くしゃみ）風邪ひいたかな。

と、パトカーのサイレンがけたたましく響く。

笠原　――？

21　VERSUS死闘編～最後の銃弾

❸～逃亡者たち

泥まみれの男——榎本誠が走り出る。
榎本、物陰に身を隠す。
榎本は拳銃を持っている。
その装弾を確かめる榎本。
パトカーが榎本の脇を通過する。
身を伏せる榎本。

榎本　（奥に）こっちだッ。

と、真介（衣装替え。囚人服の上に羽織れるようなものとニット帽）がやって来る。

笠原　あ——。
真介　ダメだ。あっちもこっちもおまわりがうようよしてやがる。
榎本　くそッ。
真介　死んだかな。
榎本　あン？

真介　クルマ運転してた警官。
榎本　どうかな。
真介　かわいそうにな。
榎本　テメーでハンドル切り損なったんだ。自業自得よ。
真介　そりゃそうかもしれねえけど。

と、笠原、真介が出てきたのでなぜか喜び、

笠原　こらッこらッこらッこらッ。

と真介の頭をペシペシと叩いて喜ぶ。

真介　痛いですよッ。
笠原　何してるの、こんなとこで。
真介　だからそれを話してるんです。おとなしくそこで見ててくださいよ。
笠原　あーすまんすまん。あんた出てきたから何かうれしくなっちゃって、つい。ハハハハ。——どうぞ。（芝居を続けてください）

真介、定位置＝回想に戻る。
言うまでもないが、「真介の話」（＝回想）のなかに出てくる人間に笠原は見えないし、リアクションもしない。

真介　死んだかな。
榎本　あン？
真介　クルマ運転してた警官。
榎本　どうかな。
真介　かわいそうにな。
榎本　テメーでハンドル切り損なったんだ。自業自得よ。
真介　そりゃそうかもしれねえけど。
榎本　何だ、そんなこと気にしてんのか。
真介　……。
榎本　そんなことでくよくよすんじゃねえよ。そのおかげでこうしてトンズラできたんだ。感謝感激雨あられだぜ。
真介　どうすんだよ、これから。
榎本　逃げるに決まってんだろう。
真介　……。
榎本　何しけた面《つら》してんだよ。来たくねえなら無理に来なくてもいいんだぜ。
真介　そういうわけじゃねえけど。
榎本　じゃ何なんだよ。
真介　だって――。
榎本　だって何だッ。
真介　オレ、決めてたから。
榎本　何を。

真介　パクられた以上仕方がねえ、これも運命だって——。
榎本　だったらとっととお巡りンとこへ戻ってお縄につきゃあいいだろう。
真介　……。
榎本　あばよ。看守の旦那によろしくな。

と、行こうとする榎本。
それを引き止め、すがりつく真介。

榎本　放せ、馬鹿ッ。

とパトカーが通過する音。
その場に身を伏せる二人。

榎本　後悔してるんだろう。
真介　え？
榎本　オレといっしょに危ねえ橋渡って警察にパクられて。
真介　……ああ。
榎本　なら、別れよう。じゃねえともっと後悔することになるぜ。
真介　何する——。（つもりだ）
榎本　決まってんだろう。
真介　……まさかアイツに復讐するなんて言うんじゃねえだろうな。

榎本　悪いか。
真介　ばばばば馬鹿はよせッ。あんな悪党にまた関わったら命がいくつあっても足りねえよッ。
榎本　このまま泣き寝入りしろって言うのか。
真介　命のためなら泣き寝入りだって何だってするさッ。
榎本　価値観の相違だな。——あばよ。

と行こうとする榎本。
それを止める真介。

榎本　痛えなッ。この馬鹿ッ。
真介　頼むから馬鹿な真似はよしてくれッ。
榎本　馬鹿な真似だが、やらなきゃならねえこともこの世にはあるんだッ。
真介　ダメだッ。
榎本　だいたいテメーもそれでも男か。テメーの惚れてたオンナ、いいようにかっさらわれてよく平気で生きていけるなッ。
真介　平気じゃないよッ。すげえ悔しいよッ。けど、相手が相手だ。オレなんかが太刀打ちできる相手じゃねえだろうがッ。
榎本　だからこそ闘って取り返したいと思うのが男ってもんだッ。
真介　でででも——。
榎本　ガタガタ言うな！　ついてこねえなら逃げるなり、自首するなり勝手にしやがれッ。
真介　あー勝手にするよッ。あんたみたいな馬鹿に付き合ってたら命がいくつあっても足りねえよ！

榎本、行こうとして振り返る。

榎本　元気でな。

と走り去る榎本。

真介　馬鹿野郎！

舞台に残った真介に笠原が声をかける。

笠原　今のは――。
真介　榎本誠。
笠原　何者だ。
真介　自動車泥棒です、オレといっしょにコンビ組んでた。
笠原　ほう。で、ドジッって二人仲良く捕まって、刑務所へぶち込まれそうな矢先に――。
真介　護送車が事故を。キィーッ、ドカーン！
笠原　なるほどな。
真介　（溜め息）
笠原　どした？
真介　右と左――あっちとこっち。
笠原　何？

真介　もし、あのとき、オレがあっち（榎本が去った方向）じゃなくて、こっち（その反対方向）の道を選んだら――。

笠原　選んだら？

真介　こんなこと（服役すること）にはならなかったのかもしれないと思って。

笠原　つまり――。

真介　オレは選んだんです――あっちの道を。

と榎本の去った方向に去る真介。

笠原　人生、そういうもんだ。……ダくしょん！

とくしゃみをしてから、それに続く笠原。

❹～盗んだ金は新聞紙

原田　ひゃっほーッ！

という声とともに原田が踊り出る。
原田は奪ったダンボールを持っている。
続いてワン。
原田たちのアジトである港の倉庫。
腕を取り合ってダンスを踊る二人。
ダンボールを置く原田。
その横に来るワン。

原田　むふふふふ。
ワン　ハハハハ。

と、バッグの蓋を開ける原田。
原田、紙幣の束を取って匂いを嗅いだりする。

原田　ハハハハ。（と笑うが急に顔が凍りつき）！

原田、ダンボールの中身をあわてて確かめる。
そして、札束が新聞紙だということがわかる。
それを確認するワン。

原田　くそーッ。どういうことだ、こりゃいったい！

と札束を叩き付ける原田。

ワン　何の冗談。
原田　……。
ワン　新聞紙――これ。
原田　ハメられた。
ワン　……。
原田　あの野郎だ、きっと。
ワン　あのヤロー。
原田　あのカジノの内藤って男だよ。あの野郎、うまいこと言ってオレたちをノセて、金を独り占めにするつもりだったんだ。
ワン　……。
原田　くそッ。

31　VERSUS死闘編～最後の銃弾

と、そこにヒデに連れられたナオミがやって来る。
ナオミは目隠しされて手を縛られている。

ナオミ　放してよッ。別に逃げたりなんかしないわよッ。あんた、あたしが誰だかわかってんの。あの界隈じゃあたしのこと知らない奴はいないんだからね。こんなことしたらひどい目に合うから――。

ヒデ　うるせえッ、黙ってろ！

と、ナオミを座らせるヒデ。

ヒデ　ッたく手こずらせやがって。このアマ！　……おー痛ッ、ひっかきやがって。（と頬を気にする）

原田　……。

ワン　……。

ヒデ　何ですか、神妙な面して。

原田　ちょっと来い。

ヒデ　ハイ。

原田　サンタさんのクリスマス・プレゼント見せてやるから。

原田、ダンボールから札束を出しヒデに渡す。
ヒデ、その札束をペラペラとやる。

原田　ハハハハ。
ヒデ　ハハハハ。……新聞紙ですよ、これ。
原田　ああ。
ヒデ　大変な手間ですよね、これ作るの――どどういうことですか、これ！
原田　どういうもこういうも御覧の通り。

ヒデ、あわててダンボールのなかを調べる。

原田　これがどーいうことだかわかるか、ヒデオくん。
ヒデ　いいえ。
原田　じゃお兄さんが教えてあげよう。あのカジノは、怖～い怖～いオジサンやお兄さんたちが非合法に経営してる闇カジノだ。
ヒデ　ハイ。
原田　売り上げは全部、怖～い怖～いオジサンとオニーサンたちの元に届けられる。
ヒデ　ハイ。
原田　それを横取りするからにはそれ相応の覚悟が必要だ。
ヒデ　ですよね。
原田　しかし、ここに覚悟を決めた勇気あるお馬鹿さんたちがいた。そのお馬鹿さんたちは、店の支配人の手引きで、売上金の強奪を実行した。支配人は撃たれたが、計画は成功。こうしてお金が手に入った。しかし、それはぜーんぶ新聞紙。怖～い怖～いオジサンとお兄さんたちは、この新聞紙を取り返すために、お馬鹿さんたちを追いかけて来る。馬鹿な誰かさんたちは、売上金強盗の犯人として、怖～い怖～いオジサンとお兄さんたちに一生追われることになるって寸法だ。
ヒデ　じゃホントの売上金は誰が――。
原田　オレたちに話し持ちかけたあの内藤って野郎に決まってる。
ヒデ　じゃあ、アイツが殺されちまった以上――。
原田　金はどこに隠したか、金輪際わからねえってことだな。
ヒデ　……そんな。（と頭を抱える）

遠くで汽笛。

ワン　どーすんのよ、これから。お金ないと、お店、奪られる。わたし、料理できない。
原田　そんなことはわかってるッ。
ナオミ　ハハハハ。とんだ骨折り損のくたびれ儲けね。
原田　何だと。
ナオミ　だってそうじゃない。内藤に唆《そそのか》されて、強盗の片棒担がされたってことでしょ。フフフフ、馬鹿ねえ。
原田　……。
ナオミ　ま、あたしをこんな目に遭わせた罰だと思っておとなしくパパたちに殺されなさい。
ヒデ　このアマ、言いたいこと言いやがってッ。

と、ナオミに近づくヒデ。

原田　待てッ。
ヒデ　しかし――。
原田　いいからッ。（ナオミに）お前、カジノの客じゃねえのか。
ナオミ　客は客なんだけどさ、あたしとイチャツイてたなーんて後で言われるの、みんな怖がってさ、だーれも相手してくれないのよ、度胸ない野郎ばっかりで。せっかくパパがいない間につまみ食いしようと思ったのに。
原田　パパ？
ナオミ　ええ。
原田　パパって何だ。
ヒデ　お父さんのことでしょ。
原田　……ハハハハ。（とヒデに笑いかけてナオミに）すまん。続けてくれ。
ナオミ　泰三《たいぞう》ちゃんよ。あんたらが怖がってる怖～い怖～いオジサンとお兄さんたちの会社の。
ヒデ　たたたたた泰三親分のむむ娘なのか、あんたッ。
ナオミ　娘じゃなくて愛人。ナオミでーす、よろしく。
ヒデ　あああああ愛人！
ナオミ　ええ。
原田　なるほどな。道理で度胸がいいはずだ。
ナオミ　わかった？　わかったら早くこれ解いて。こういうのはパパとのベッドのなかで充分満足してるから。
ヒデ　まままマズイですよ、こりゃ。
原田　落ち着けッ。

ヒデ　しかし――。
ワン　ビビることないあるよ、こんな女。親分の愛人ったってしょせんたくさんいる二号さんの一人。
ナオミ　(ワンを真似て) 残念だけど、いないのよ、あたしの他に、愛人は。
ワン　……。

ワン、無言で中華包丁を取り出し、拷問の準備を始める。

原田　(あきれて) 何してる？
ワン　拷問スル。わたしの怒り、この女にぶちゅける。中国人、拷問大好き。
原田　拷問はいい。
ワン　でも――。
原田　拷問は少しの間だけ待ってくれ。頼むッ。
ワン　……。

原田、ナオミの目隠しを取る。

ナオミ　どこ、ここ。
原田　あんたに頼みがある。
ナオミ　何？
原田　あんたの口からそのパパに言ってくれねえか。
ナオミ　何を。

原田　あんたが見たことすべてだ。

原田、札束を見せる。

原田　襲撃、逃走、撃ち合い——それに新聞紙。内藤ってあの野郎のことも。
ナオミ　言っても信じないわ。それに、肝心の売上金がどこにあるのかわかんないんじゃ、話にならないに決まってるじゃない。
原田　そりゃそうだが、あんたも見たろう。オレたちをハメたあの内藤って野郎は、用心棒のナントカに撃たれて——ちょっと待て。
ワン　何？
原田　……もしも、もしもだ。あの野郎とあいつを撃った用心棒がグルだったら——。
ワン　グル。
原田　そうだ、そうにちげえねえ。チクショー、手のこんだことしやがるぜ。
ヒデ　どういうことですか。
原田　わからねえのか。さっきのドンパチが、芝居だったとしたら——。
ワン　芝居？
原田　あいつが殺されるフリして見せただけだったとしたら。
ヒデ　死んだフリ。
原田　ああ。
ワン　だとしたら——。
原田　あいつはまだ生きてる。

間。

ヒデ　でも、なんで、なんでそんなこと。
原田　決まってんだろう。オレたちの目をくらますためだ。
ヒデ　……。
原田　しかし、あの野郎が生きてるとなりゃあ、金を奪い返すチャンスはまだあるってことだ。
ヒデ　どーいうことでありますか？
原田　わからねえのか。偶然とは言え、あいつにとってとんだ爆弾拾ったってわけよ。
ヒデ　爆弾？
原田　（ナオミを見る）
ナオミ　……？
原田　ワン、お前はまだ奴らに面が割れてねえ。カジノに行って探り入れてこい。
ワン　それはいいけど。
原田　けど何だ。
ワン　拷問してからでもいいか。
原田　拷問は後だ。今日中にあの野郎がどうなったか調べるんだ。
ワン　（うなずく）
原田　注意しろよ。
ワン　帰ったら拷問してもイイか。
原田　いいよ、思う存分。

ワン　ハハハハ。行ってくる。

ワン、去る。

原田　あんたがいてくれて、助かったぜ。幸運の女神も少しはオレたちにお零《こぼ》れをくれたってワケか。

ナオミ　どーしようって言うの。

原田　ま、それはこれからのお楽しみだ。（ヒデに）持ってこい。

ヒデ　はっ！（と敬礼）

原田、ワンとは反対にナオミを連れて去る。
ヒデ、ダンボール箱を持って原田に続く。

❺〜内藤との再会

内藤のマンションの駐車場付近。
薄暗い街灯の下。
榎本が出てきて、階上を見上げる。
復讐の相手――内藤の部屋が見える。
笠原、出てきて、榎本を見る。
と、笠原が来た方から真介がやって来る。
手には値札のついている二着の上着。

榎本　遅えよッ。
真介　仕方ねえだろう。道具もなしに鍵、開けンの大変なの知ってるだろ。
榎本　よこせッ。
　　と上着の片方を取る榎本。
　　背中に虎の絵のあるようなド派手な感じのジャケット。
榎本　あのよ。

真介　何だよ。
榎本　オレたち、一応、警察から逃げてる身なんだからよ。
真介　だから？
榎本　もう少し地味な方がいいんじゃねえか。
真介　デザインまでわかるかよッ。
榎本　そっちよこせ。
真介　いいじゃん、アンタはそれ着れば。
榎本　いいからよこせッ。

ともう一着の方の上着をひったくる榎本。
背中に竜の絵のあるようなド派手な感じのジャケット。

榎本　（それを見て）……どんな店に忍び込んだんだよ！　ッたく。
笠原　（ウケて）ハハハハ。なかなかいい漫才コンビだ。

と二人で「竜」と「虎」のジャケットを着る二人。

真介　なあ、ホントにやるのか。
榎本　当たり前だろうが。
真介　……。
榎本　心配すんな。あの野郎、オレたちは今頃、塀の中で臭えメシ食ってると思ってるんだ。不意を突いて一泡吹かせてやる――何か（ジャケット）小さくねえか。
真介　サイズまで知るかよッ。
榎本　……。
真介　なあ、会ってどーするって言うんだよ。
榎本　オレたちをこんなメに遭わせたオトシマエつけてもらうのよ。それにうまくいきゃあ、お前の惚れてたあのナントカって女も取り返せるかもしれねえぜ。
真介　やっぱ気が乗らねえよ。逃げよう、な。そんなわざわざ――何て言うんだっけ。ほら、そういうとき言う諺《ことわざ》があったじゃねえか。「火中の――」えーと。
笠原　（ふざけて）どんぐり。
真介　あーそうだッ。そんな「火中のどんぐり拾う」みたいなこと。
笠原　ハハハハ。栗だ、栗。
榎本　この期《ご》に及んでガタガタ言うなッ。やると決めたらやるんだよ、男は！
真介　でもよう――。

と、クルマが止まる音が聞こえる。

榎本　しッ。
真介　どした？
榎本　あのイカサマ野郎のご帰還だ。
真介　どうすんだよ。
榎本　いいか、スキをついてオレが野郎に銃を突きつけるから、お前、囮《おとり》になれ。

真介　囮。
榎本　ああ。頃合を見計らって奴の前に出てけ。いいな。
真介　……。
榎本　隠れろ。——隠れるんだよ。早くッ。

真介を隠して、それから自分も物陰に隠れる榎本。
と、車から下りた体で内藤が出てくる。

内藤　（携帯電話）で、女の部屋へは行ったのか。……ああ、しばらくそこを張って、もし戻らねえようだったらカジノへ戻れ。無駄骨だろうが何だろうが、今はあの女を見つけるのが先決だ。拳也、いいか。どっちにせよ、ボスが帰るまでの間にカタをつけなきゃオレたちの命はねえと思えッ。（と切る）

と、空き缶が転がる音。
内藤、拳銃を出す。

内藤　……誰だ？

返事なし。

内藤　誰だって言ってんだッ。

真介、出てくる。

内藤　なんだてめえは。
真介　……。
内藤　何してんだ、ここで。
真介　あの、その、だから――。
内藤　ちょっと待て。てめえは確か――。
真介　……。
榎本の声　久し振りだな、イカサマ野郎。

と内藤が振り返ると榎本が銃を持って立っている。

榎本　動くなッ。
内藤　……。
榎本　銃を捨てろッ。ほら、早く！

内藤、銃を捨てる。

榎本　銃、取れッ。銃ッ。

真介、内藤の捨てた銃を取る。

榎本「そそそんな馬鹿なッ。コイツらは警察にパクられて刑務所《むしょ》送りのはずなのにッ。なななんでッなななんでこんなところにッ」へへへへ。

内藤……。

榎本だが、そう簡単にてめえの思うようにはならねえようにできてるんだよ、この世の中は。

内藤元気そうだな。

榎本あんたにダマされて感謝してるよ。人間、誰かをとことん憎むと、それだけで生きる意欲が沸いて来るもんだ。

内藤そりゃよかった。

榎本（内藤の車を見て）車、また変えたのか。新型のBMW《ビーエム》たあ素敵なお車に乗っておいでで。

内藤あんたもよーく似合ってるよ、値札のついたシャツが。

榎本へらず口を叩くんじゃねえッ。

と内藤を殴る榎本。

榎本オレと再会したからにはそうは派手にいかねえぜ。ケツの毛まで抜いてやるから覚悟しやがれ。

内藤……。

榎本案内しろ。

内藤どこへ。

榎本てめえがペテンで儲けた金でのうのうと暮らしてる豪華な豪華なお部屋にだよッ。

内藤　どうぞ。

と歩き出す内藤。

榎本　（真介に）ついてこいッ。

と、内藤を銃で威嚇してそれに続く榎本。
舞台に残る真介と笠原。

真介　（溜め息をついて）というわけなんです。
笠原　なるほどねえ。だが、そもそも、あんたらとあのドスコイの間に何があったんだ？
真介　嵌《は》められたんですよ。
笠原　ギャンブルか。
真介　ええ。あいつにノセられて泥棒稼業で稼いだ金、全部。で、借金作って追い詰められて——で、別の窃盗の罪、オレたちに着せられて。
笠原　自業自得じゃねえか。
真介　でも、ひでえんですよ、あいつ。その上、オレと付き合ってた女まで取り上げげて。
笠原　そう言ってたな。
真介　（溜め息）
笠原　右と左——あっちとこっち。
真介　え？

笠原　ここにも選択の可能性はあったわけだ。
真介　まあ。
笠原　けれど、あんたはこっち（榎本が去った方）を選ぶわけか。
真介　と思うでしょう。
笠原　違うのか。
真介　ハハハハ。いいえ、その通りです。

と嫌々、榎本を追う真介。

笠原　馬鹿は死んでも直らねえ——か。……ダくしょん！

と真介を追う笠原。

❻～内偵のワン

内藤が撃たれた（芝居をした）カジノの裏手の駐車場付近。

元村が懐中電灯を持って出てくる。

汚いコートを着た髭面のその姿は、和製「刑事コロンボ」と言いたいところだが、金の匂いに敏感な「悪い刑事コロンボ」である。

元村は、駐車場付近を調べている。

そして、片隅に落ちているものをハンカチで拾い上げる。

それは――弾丸の薬莢《やっきょう》だ。

元村（見て）……。

と、そこに拳也が戻って来る。

拳也、元村がいるのに気づき、

拳也（嫌なヤツに会った）
と踵《きびす》を返して行こうとする。

元村　（拳也は見ずに）逃げることあねえだろう。

と薬莢をしまい、拳也の方を向く。

拳也　あ、いや——どうも。ハハハハ。何ですか、こんなトコで。
元村　あんたが悪いことしてねえか、ちょっと調べにな。
拳也　またまた。ハハ。
元村　支配人は——。
拳也　ちょっと今、出てまして。
元村　どこへ。
拳也　さあ。
元村　あの旦那がいねえなんて珍しいじゃねえか。
拳也　何ですか、内藤さんに何か。
元村　オレが支配人に会いたいときがどんな時かは、あんた、よーく知ってるだろう。フフフフ。
（金の催促）
拳也　すいません、オレじゃわかんないんで、元村さんが来たことは伝えておきます、ちゃんと。じゃ——。

と行こうとする拳也。

元村　ところで。

拳也　（止まる）
元村　タレ込み屋から妙なこと聞いたんだが。
拳也　何ですか。
元村　今夜、ここで停電があったんだってな。
拳也　え——ああ、ありましたよ。でも、すぐに直っていつも通り。別に大したことじゃないですよ。
元村　……そうか。（と疑い深い目）
拳也　何ですか。停電があると何かまずいことでもあるんですかッ。
元村　何苛立ってる？
拳也　え？
元村　ハハハハ。悪党相手にこの界隈で仕事してるとな、疚《やま》しいこと隠してる野郎の心ンなかがよーく見えてなあ。
拳也　……。
元村　そういうヤツに限って小さなことでボロを出す。例えば、小さなことをちょこーっと聞いただけで、不必要にペラペラペラペラいろいろしゃべる。
拳也　何が言いたいんですか。
元村　いいや。だが、あんたもこの世界で長生きしたいんなら、今言ったことよーく覚えておいた方がいいぜ。
拳也　……。
元村　お邪魔さま。

と片手を上げて去る元村。

元村　あー――それと。

と戻って来る元村。

元村　あんまり目立つトコにしまわないでくれよ。こっちは一応、取り締まってる側だからさあ。

と拳也の懐の拳銃をポンポンと軽く叩く元村。

元村　それじゃ――。

と片手を上げて去る元村。
それを嫌な気持ちで見送る拳也。
と反対側からワンが来て拳也のすぐ近くで、

ワン　すいません。

拳也　わあッ。

と突然、声をかけられてびっくりする拳也。

拳也　何だ、てめえッ。

ワン　すいません。事務所に行ったら人、いなくて。ココの人ですか。

拳也　ああ。
ワン　よかったッ。
拳也　何か用か。
ワン　ハイ。求人募集の案内、見ました。
拳也　求人案内？
ワン　ハイ。これに――「料理人、求む」と。

と求人雑誌を見せるワン。

ワン　わたし、中国の福建省《ふっけんしょう》出身。とても貧乏。けど、料理の腕、とてもイイ。
拳也　今、何時だと思ってんだッ。

と行こうとする拳也。

ワン　お願いしますッ。
拳也　別の日の昼間に出直してこいッ。
ワン　今日、昼間来たら店、閉まってた。
拳也　今取り込んでンだッ。
ワン　お願いしますッ。何でもしますから雇ってくださいッ。
拳也　いい加減にしろッ。こっちはそれどころじゃねえんだッ。

と行こうとする拳也。

ワン　内藤さん、雇ってくれると言った。
拳也　(止まって)何?
ワン　内藤さん——ここの支配人。
拳也　いつだ。
ワン　先週の火曜日。
拳也　……。
ワン　内藤さんに会わせてくださいッ。そうすれば、わたし、怪しいもんじゃないことがわかる。どこですか、内藤さんッ。×@+%#$%＊××@+%#$%＊×!

と、中国語で拳也に迫るワン。

拳也　あーわかったッ、わかったッ。料理主任に会わせるからもうしゃべるなッ。
ワン　ありがとございます!
拳也　ついて来いッ。

とワンを連れて去ろうとする拳也。

拳也　(ふと立ち止まりワンを見る)……。
ワン　何か。

拳也、ワンの体臭を嗅ぐ。

ワン　あ——すいませんッ。ワタシ体臭強いんで、ちょっとコロンを。

拳也　そうか。

ワン　……。

拳也　こっちだ。

とその場を去る二人。

55　VERSUS死闘編～最後の銃弾

❼〜内藤の提案

手首をネクタイで後ろ手に縛られた内藤が出てくる。
続いて、それを拳銃で威嚇している榎本。
内藤のマンションの部屋。
格闘したのか、口から血を流した痕跡のある内藤。

榎本　ッたく手こずらせやがって。（奥に）おい、大丈夫か、臆病者ッ。

と、真介が椅子を持って出てくる。
鼻にティッシュを詰めている。どうやら内藤に殴られたらしい。
続いて笠原。

真介　真介だ、近田真介ッ。
榎本　（内藤に）そこに座れッ。

内藤、椅子に座る。

榎本　こっちにはやく来てちゃんと結べ。外れねえように、ちゃんと。

真介、内藤の手を縛っているネクタイを直す。

真介　だから言ったんだ。
榎本　あン？
真介　こんな悪党に関わるとロクなことはねえって。
榎本　同じこと何度も言うんじゃねえッ。今度ぶちぶち言いやがったら、てめえのその腐れ口に糞を捩《ねじ》り込むぞッ。
真介　……。
内藤　何が望みだ。
榎本　へへへへ。決まってんだろう。
内藤　いくらほしい。
榎本　差し当たり五千万。
真介　おい――。
榎本　オメーは黙ってろッ。
真介　……。
榎本　今日中に都合つけてもらおうか。
内藤　……。
榎本　毎日、がっぽり馬鹿な客から搾《しぼ》り取ってるいかさまカジノの支配人さんだ。ないとは言わせないぜ。

内藤　へへへへ。

と笑い出す内藤。

榎本　何がおかしいッ。
内藤　サンタさんもとんだクリスマス・プレゼントをくれるもんだなと思ってよ。
榎本　何？
内藤　お望みの額の一〇倍、ちょうど手元にある。
榎本　……。
内藤　だが、その金はあんたらには少しばかり荷の重い金だ。それでもいいのか。
榎本　どーいう意味だ。
内藤　奪った金だからよ、今夜、カジノから。
榎本　何？
内藤　今、泰三親分は外国旅行中でな。そのスキに一山儲けてトンズラしちまおうと思ったってわけよ。
榎本　……。
内藤　オレも最近ツキに見放されてね、景気はあんたが思うほどよくねえんだ。
真介　嘘つくなッ。あんたの言うことなんか絶対信じねえからな、オレは。
榎本　それで？
内藤　借金まみれの馬鹿な客を唆《そそのか》して、今週の売上金をそいつに強盗《たた》かせたのよ、今夜。
真介　聞くなよ、こんなヤツの言うことッ。

榎本　黙ってろ！
真介　……。
内藤　だが、ちょっと細工して、そいつらに盗ませたのは金じゃねえ――新聞紙だ。
榎本　……。
内藤　強盗の罪を全部ヤツらにひっ被せて、オレは知らぬ存ぜぬで金を横取りしようと目論んだってわけよ。
真介　汚ねえ。
榎本　……。
内藤　だがその客も馬鹿じゃねえ。そいつの名前は原田って言ってな、お国を守るための武器、横流しして自衛隊をクビになり、ギャンブルに狂って身を持ち崩したっていうすばらしい経歴のお兄さんだ。
榎本　……。
内藤　だから、一芝居打ってヤツらの目をくらまそうと思ったのよ。
榎本　芝居？
内藤　拳也って用心棒、覚えてるか。
榎本　K１野郎か。
内藤　そう。そいつと組んで、強盗の現場でヤツにオレを撃たせたのよ。
榎本　なぜだ。
内藤　そうでも見せておかねえと、誰かさんみたいに復讐の矛先がオレに向くからな。
榎本　……。
真介　汚ねえ。

内藤　だが、問題が起こってな。
榎本　どんな。
内藤　ナオミって女、知ってるよな——ボスの女《レコ》だ。
真介　ナオミ！
内藤　そう、あんた（真介）から借金の片がわりにイタダイた女だ——いや、オマケって言った方がいいか、あの程度の器量《タマ》じゃ。へへ。
真介　それがどーしたッ。
内藤　連れてかれちまったんだよ、ヤツらに。
真介　何？
内藤　強盗《たたき》の現場にウロウロしてな、オレが撃たれたところも全部、あの女は見ている。とんだ手違いが起こったってわけだ。
榎本　……。
内藤　そんなときに、サンタのプレゼントが届けられた——復讐に燃える二人組のお兄さんだ。

と榎本と真介を見る内藤。

真介　燃えてなんかねえッ——全然ッ。……少なくともオレは。
内藤　信じるか。
真介　信じるわけねえだろう。あんたの口車に乗っていいことがあったためしはねえ！
内藤　ま、信じるも信じねえもあんたらの勝手だ。だが、その口振りじゃ未練たらたらなんじゃねえか、ボスに奪《と》られたあの女に。

真介　馬鹿言うなッ。あんな女、もうとっくの昔に忘れたぜッ。
内藤　ハハハハ。久し振りにすがすがしいぜ。
榎本　何？
内藤　ふだん嘘ばかりついてるもんでねえ、真実《ホント》の話すると。
榎本　……。
真介　（真介に）嘘に決まってるよ。前もそうだったじゃねえか！
内藤　どちらにせよ、自衛隊の隊長さんが馬鹿でなきゃあ、たぶんもうすぐ連絡がくる。
榎本　なんて――。
内藤　「女と引き換えに金を出せ」
真介　……。

と、ノックの音。
ハッとする三人。
内藤に銃を突き付ける榎本。

元村の声　オレだ、元村だ。開けてくれ。（とノック）
榎本　誰だ。
内藤　刑事だよ。
真介　けけけけ刑事ッ。
榎本　静かにしねえかッ。
真介　だだだだってッ。

榎本　どういうわけだ。
内藤　大丈夫だ。オレの息がかかってる野郎だ。悪いようにはしねえ。
元村の声　おい、いるんだろう。おい。（とノック）
内藤　それに、追い詰められた馬鹿に撃たれて命落としたくもないんでな。無茶はしねえよ。
榎本　……よし、出ろ。しかし、妙な真似したら、追い詰められた馬鹿が後ろからズドンと一発カマすからそのつもりでいろ。
内藤　ああ。
真介　どーすんだよッ。
榎本　それ、解けッ。
元村の声　おーい。（とノック）
内藤　（ドアに）今開けるッ。（真介に）解け。
榎本　（うなずく）
真介　でででても。
榎本　いいからッ。

真介、内藤の手首からネクタイを外す。
内藤、出入り口に向かう。

榎本　隠れろ。
真介　へ？
榎本　へじゃねえよ。隠れるんだよッ。

どこかに隠れる榎本と真介。
内藤に続いて入って来る元村。

元村　悪いねえ、こんな時分に。ただちょっと通りかかったら明かりが見えたもんで。……誰かいるのか。
内藤　いや。
元村　何か話し声が聞こえたが。
内藤　耄碌《もうろく》したんじゃねえのかよ。
元村　ご挨拶だな。へへへへ。顔色よくねえなあ。
内藤　住んでる世界が汚えもんでね。顔色も悪くなるさ。
元村　ハハハハ。
内藤　それより何だ、こんな夜中に。
元村　オレの用って言ったらだいたい察しはつくだろうが、ちょっと聞きたいことがあってね。
内藤　悪いが、明日にしてくれねえか。
元村　ずいぶん、急がすねえ。
内藤　あんたの顔見てるとムカムカするもんでね。
元村　よくわかるよ、その気持ち。フフフフ。
内藤　……。
元村　何かトラブルでもあったのか。
内藤　何もねえよ。
元村　何もねえにしちゃ、機嫌が悪いみたいじゃねえか。

内藤　いつものことさ。
元村　ところで、今日、店で停電があったんだってな。
内藤　それが――？
元村　停電は別にいいんだが、ちょうどその頃、店の裏手の駐車場で発砲音が聞こえたっていう情報があってな。
内藤　珍しいことじゃねえだろう、この界隈じゃ。
元村　そりゃそうだが、今日はアレだろ、カジノの売上金の上納日だからなあ。
内藤　別に何もねえよ。
元村　そうか。
内藤　疲れてるんだ。金は別の日にやるから今日はとっとと消えてくれ。
元村　フフフフ。

と、元村、駐車場で拾った弾丸の薬莢を出す。

元村　これが落ちてたんだ、駐車場に。
内藤　ほう。
元村　何かあったんじゃねえのか。
内藤　知らんな。
元村　そうか。調べてもいいかな、鑑識に回して。
内藤　……。
元村　そうすれば、コイツが誰の拳銃《チャカ》から飛び出したモンなのかわかるかもしれねえなあ。

内藤　ご勝手に。
元村　……お邪魔さん。

元村、去る。
辺りを窺いながら出て来る榎本と真介。

内藤　また縛ってイガみ合うか。それとも、ビールでも飲むか。
榎本　……。
内藤　好きな方を選べ。
榎本　ビールだ。

内藤、ニヤッと笑って隣室に去る。

真介　いいのかよ、そんなことして。
榎本　……。
真介　行こう。
榎本　何？
真介　嫌な予感がするんだよッ。
榎本　オメーの予感なんて当てになるかよ。
真介　当たるんだよ、オレの予感は。
榎本　真介、いいか。大金せしてめて逃げられるチャンスかもしれねえんだぞ。こんなチャンスを生かさねえでどーすんだよ。

真介　……。

榎本　その上、うまくいきゃあ、お前の愛しいあの女も取り戻せるかもしれねえじゃねえか。

真介　だとしてもだよ——。

榎本　いいから来いッ。のどがからからだぜ。

榎本、内藤の行った方に去る。
舞台に残る真介。

真介　……。

笠原　（にやにやと真介を見ている）

真介　何ですか。

笠原　感想を言っていいか。

真介　どうぞ。

笠原　「優柔不断」って言葉があるよな。

真介　ええ。

笠原　あんたのためにある言葉だな。

真介　大きなお世話ですよッ。話わかってんですか。今のところ、結構ややこしいところでしたよ。

笠原　わかってるよ——それ、値札ついてるよ。

と真介のジャケットの値札を気にする。

真介　値札なんかどうでもいいんですよ！
笠原　気になるんだよ、しゃべってると（値札が）ピラピラピラピラ動くから。
真介　もーいいです！

と行ってしまう真介。
舞台に一人残る笠原。
笠原、棚（舞台袖）に高い酒のボトルを発見。
それを取り出す。
そして、こっそりとそれを飲もうとする。
戻ってきてそれを怖い目で見ている真介。

笠原　（気づき）あ、これ――そこにあったから。ハハ。あんたもどう？

と真介に酒を勧める笠原。

真介　オレの回想のなかで勝手なことしないでくださいッ。

と笠原を引っ張っていく真介。

笠原　いいじゃない、回想のなかでくらい自由にさせてくれたって！

真介に連れていかれる笠原。

❽〜逆襲

ヒデがダンボールを持って出て来る。
ヒデ、携帯ラジオをつける。
そして、新聞紙と紙幣の仕分け作業。
港にある強盗団のアジト。
と、ナオミが出て来る。

ナオミ　ハンカチ。
ヒデ　何？
ナオミ　手拭くもの。
ヒデ　そんなもんねえッ。
ナオミ　じゃあ、借りるわ。

ナオミ、ヒデの服で手を拭く。

ヒデ　……。

ナオミ、座る。
そして、手首をヒデに差し出す。

ナオミ　ホラ、縛るんでしょ。
ヒデ　もういい。そこにじっとしてろ。
ナオミ　……ねえ。
ヒデ　何だ。
ナオミ　好きなの？
ヒデ　何が。
ナオミ　襟《えり》立てるの。
ヒデ　悪いか。
ナオミ　悪くないわよ。でも、なんで立てるのかなって思って。
ヒデ　カッコイイからだよッ。文句あるか！
ナオミ　別に文句はないけどね。
ヒデ　……。
ナオミ　ねえ。
ヒデ　……。
ナオミ　ねえってば。
ヒデ　何だよ、いったいッ。
ナオミ　彼女いるの？
ヒデ　なんでオレがあんたにそんなこと言わなきゃいけねえんだッ。

ナオミ　なんでってクリスマスの夜にせっかくこうして二人なんだから、楽しい話でもしたいじゃない。
ヒデ　楽しい話なんかしたくねえよ、オレは。

ラジオからクリスマス・ソングが聞こえる。

ナオミ　ひとつ聞いてもいい。
ヒデ　ダメだ。
ナオミ　……。
ヒデ　何だ。
ナオミ　幸せって何だろうね。
ヒデ　そんなことわかるわけねえだろうがッ。
ナオミ　だよねえ。そんなに簡単にわかんないんだよね。あたしさ、付き合ってたオトコがいたのね。でも、そいつが事件起こして警察《サツ》にパクられちゃってさ、ひょんなことからパパに見初《みそ》められたって言うの、こういう立場になってさ。ま、贅沢はさせてもらってはいるけど、ホントにパパのこと愛してるかって言うと、やっぱり違う気がするし、ホントに幸せって何だろうなんて思うわけ、最近。
ヒデ　だから？
ナオミ　だから——こういうアタシってどう思う？
ヒデ　どうも思わねえよッ。それに、今、オレにはあんたの人生相談に付き合ってるほど心に余裕がねえんだ。だから、頼むから、そこでおとなしく座っててくれッ。

と、原田が缶ビールの入った袋を持って戻って来る。

原田　手を焼いてるみたいだな、ヒデオくん。
ヒデ　お帰りなさいッ。（と敬礼）で、どうでしたか。
原田　ワンから電話があった。
ヒデ　で？
原田　思った通りだ。あの野郎は生きてる。
ヒデ　くそッ。
ナオミ　内藤は生きてるんだ。
原田　ああ――とんだイカサマ野郎だぜ。
ヒデ　で、これからの計画は？
原田　決まってるだろう。野郎と取り引きだ。

原田、携帯電話で電話をかける。
と別の空間に内藤が出てくる。
原田、ビールを飲む。

内藤　（出て）モシモシ。……モシモシ。
原田　内藤か。
内藤　ああ。
原田　へへへへ。生きててくれてうれしいぜ。忘れたわけじゃねえよな、オレの声を。

内藤　オレにまんまとハメられて、新聞紙つかまされた馬鹿の一人だろう。
原田　その通り。だが、あんたが生きてるとわかった以上、そう簡単に馬鹿を見る気はねえから覚悟しやがれ。
内藤　……。
原田　せっかく死んでみせたのに、残念だったよな。
内藤　何が望みだ。
原田　へへへへ。決まってるじゃねえか。テメーが横取りした売上金を返してもらいたいだけよ。
内藤　ほう。で？
原田　悪知恵の働くオメーのことだ。こんなことは先刻ご承知だろうが、あんたが死んだカジノの裏で爆弾拾ってね。その爆弾が、あんたのやったこと、ボスに全部バラすって言ってきかねえんだよ。そんなことされちゃ、あんたの計画はすべて水の泡じゃねえのか。
内藤　女と引き替えに金を持ってこい、か。
原田　そういうことだ。
内藤　……。
原田　今からかっきり一時間後、高速脇の製鉄所に来い。そこでプレゼント交換だ。嫌だとは言わねえよな。
内藤　ああ。
原田　じゃあな。会うのを楽しみにしてるぜ、イカサマ野郎。へへへへ。（と切る）

電話を切って、その場を去る内藤。

原田　これでやっとホンモノの札束にお目にかかれるってワケだ。
ヒデ　よーしッ。
ナオミ　ひとつ聞いてもいい？
原田　何だ。
ナオミ　いくらなの、あたしの値段。
原田　聞かねえ方がいい。
ナオミ　なんで？
原田　どんな大金でもがっかりするもんだ、自分の値段を知ると——人間は。
ナオミ　そうかもね。でも、命かけるんだ、そんなはした金のために。
ヒデ　ヘッ。軽口叩く前にテメーの命の心配でもしてろ。

と、原田、懐から手榴弾を出してヒデに放る。

ヒデ　(受け取って)これは——。
原田　なんせこんなペテンを考える野郎だ。このくらいカマしてやらねえと何するかわかったもんじゃねえだろう。得意だったよな、これで標的、吹っ飛ばすの。
ヒデ　ありがとうございますッ。(と敬礼)ハハハハ。

ヒデ、ダンボールを片づける。

原田　(ナオミに)あんたにゃ悪いが、そういうことだ。いっしょについて来てもらうぜ。

ナオミ　どうせジタバタしたところで無理やり連れてくんでしょう。
原田　ああ、引き摺ってでもな。

ナオミ、立つ。

ナオミ　行きましょう。
原田　（ナオミを見て）……へへへへ。
ナオミ　何よ。
原田　親分さんがあんたに惚れた理由が何となくわかるような気がするよ。

と原田、缶ビールをナオミに渡し、

ナオミ　へえ、どこに惚れたと思うの。
原田　徹底的に馬鹿にできてるトコだ。
ナオミ　女は馬鹿なくらいの方がかわいいのよ。

とビールを飲むナオミ。

原田　へッ。……行くぞ。
ヒデ　あの、隊長。
原田　あン。

ヒデ　ワンは？
原田　わからん。連絡が来た後、さっきから呼び出しても出ねえんだ。
ヒデ　何かあったんじゃ——。
原田　そっちは後回しだ。行くぞ。

原田、去る。

ヒデ　ハイッ。（ナオミに）よかったな、拷問されずにすんで。

ヒデ、ナオミを連れて行く。

⑨〜命知らずの男たち

真介が榎本を引っ張って出てくる。
それに続く笠原。
内藤のマンション。

真介　オレは嫌だよ。なんでオレがこんなことに巻き込まれなきゃならねえんだッ。
榎本　逃げるためには現金《げんなま》が必要なんだ。
真介　それにしたって、ヤバいよ、こんなヤツに関わンのは。
榎本　ヤバくねえ一攫千金はこの世にはねえ。
真介　だとしてもだよ。
榎本　ガタガタ言うなッ。ヤバくねえ暮しがしたいなら、ここ出て牛乳配達のニーチャンにでもなりな。もっともテメーなんか雇ってくれる牛乳屋があっての話だがな。
真介　……。

と、内藤が出て来る。

内藤　話はついたか。

榎本　ああ。
内藤　ハハハハ。
真介　何が、何がおかしいッ。
内藤　ココ（顔）に書いてあるからよ。
真介　何？
内藤　「とんでもねえことになりやがったぜ」
真介　だから何だッ。実際、とんでもねえ展開になりつつあるじゃねえかッ。
榎本　まあ、落ち着け。

と「拳也です」という声。

内藤　ああ、入れ。

と、大きなバッグを持った拳也が出て来る。

内藤　誰かに見られなかったか。
拳也　大丈夫です。
内藤　電話で話した人間の屑だ。
榎本　屑だ。よろしくな。

と拳也と握手する榎本。

笠原　こっちも屑だ。（と真介を紹介する）
真介　（心外だが手を出す）
拳也　（無視して）用意しました。

バッグの中身を改める人々。

真介　シカトかよ！

それを覗きこむ榎本。
内藤、バックから銃を出し、榎本に向ける。

榎本　……。
内藤　フフフフ。いいか、金渡して女がこっちの手に入ったら、野郎どもを皆殺しにしろ。一人も逃がすんじゃねえぞ。どう転んでも、奴らが生きてる以上、オレたちもいずれは組織の連中に殺されるってことを忘れんなよ。
拳也　（うなずく）
榎本　ああ。
内藤　よし。

内藤、拳也を隅に引っ張る。

内藤　中国野郎はどうした。
拳也　事務所でぐっすり。踵落《かかとお》とし食らわしときましたから。
内藤　よし。
拳也　それよりこんな野郎連れてって大丈夫なんですか。
内藤　相手は二人だ。味方は多いにこしたことはねえ。
拳也　けど。
内藤　心配すんな。こいつらは警察《サツ》に追われてるお尋ねもんだ。事が済んだらどーにでもなる。
拳也　じゃあ――。
内藤　（うなずく）
拳也　……わかりました。
内藤　（榎本に）おい、行くぞ。
榎本　ああ。
拳也　期待してるぜ、オニーチャン。へへへへ。

　　と榎本の肩を叩く拳也。
　　拳也、バッグを持って去る。
　　それに続く内藤。

真介　わかんねえのかよ。奴らあんたを利用する気なんだよ。
榎本　だったら何だ。
真介　殺されるぜ、きっと。

榎本　そんな簡単にやられてたまるかよ。
真介　……。
榎本　じゃあな。打ち合わせ通りに。楽しみに待ってろよ。

内藤、拳也、榎本、去る。

真介　馬鹿野郎ッ。

と頭を抱える真介。
壁にもたれてそれを見ている笠原。

笠原　何してる。早く行け。
真介　行かないよッ。もうこりごりだッ。

とうろうろする真介。
それをにこやかに見ている笠原。

笠原　生き方はな。
真介　あン？
笠原　生き方はな、そう簡単に変えられねえもんだ。

と真介のジャケットの値札を取ってやる笠原。

真介　……くそーッ。

と榎本たちを追う真介。

ふっと笑ってそれに続く笠原。

⑩〜プレゼント交換

深夜の製鉄所。
雨――。
そこにバッグを持った内藤がやって来る。
舞台中央で原田が来るのを待つ内藤。
腕時計を見る。
と、原田の声がどこからとなく響く。

原田の声　へへへへ。また会えてうれしいぜ、イカサマ野郎。
内藤　……。
原田の声　動くなッ。
内藤　……。
原田の声　バッグを下に置け。
内藤　……。
原田の声　聞こえねえのか。バッグを下に置けって言ってんだッ。

内藤、言われた通りにする。

原田の声　両手で上着のなかを見せろ。

内藤、上着をめくって銃がないことを示す。

と、原田がフラリと出て来る。

原田　今度は新聞紙ってこたあねえだろうな。
内藤　調べてみるか。
原田　バッグをこっちに放れ。
内藤　女はどこだ。
原田　金をいただいたらお目にかけるよ。
内藤　それじゃ取り引きはできねえな。
原田　へへへへ。そんなことが言える立場だと思ってんのか。
内藤　ああ。
原田　何？
内藤　オレの仲間が、どっかからあんたのできの悪いココ（頭）狙ってるからな。
原田　そんなことだろうと思ったぜ。だが、あんたの思った通りにいくかどうか。
内藤　……。

原田、手榴弾を出す。

原田　こいつは予想外だったんじゃねえか。へへへへ。

内藤　……。
原田　下手な真似してみろよ。こいつでオメーを吹っ飛ばすからな。
　　と、手榴弾のピンに手をかける原田。
内藤　……。
原田　（奥に）連れて来いッ。
　　と、ナオミを連れたヒデ（手には拳銃）が出て来る。
　　そして、原田の後ろに位置どる。
原田　金をこっちに放れ。
内藤　……。
原田　早くしろッ。
　　内藤、バッグを取って、放る。
　　それを取る原田。
　　そして、中身を調べる。
原田　へへへへ。

ヒデに合図する原田。

ヒデ　歩け。

ナオミ、歩いて内藤の方へ行く。
内藤、ナオミを捕まえる。
と、別々の方向から飛び出して来る榎本と拳也。
拳也はヒデを、榎本は原田を拳銃で狙う。
原田、手榴弾を掲げて、

原田　動くなッ。
ナオミ　（榎本に気づき）！　……マコトちゃん――。

固唾《かたず》を飲んで動かない人々。

原田　銃を捨てろ。
人々　……。
原田　捨てろって言ってんだッ。

拳也、ゆっくりと拳銃を捨てる。
榎本は銃口は下げるが、拳銃を捨てない。

原田　死にてえのか、テメー。
榎本　あんたも悪い野郎に引っかかったな。
原田　何？
榎本　オレもこのイカサマ野郎に引っかかったクチでね。
原田　だから何だ。
榎本　そのオトシマエをつけられてうれしいなと思ってよ。
原田　――？
榎本　（内藤に）土壇場で裏切られる人間の気持ちを味わいやがれ。
内藤　何？

と、榎本、内藤に銃口を向け、一撃を加える。
ハッとする人々。
榎本が振り返りざまに原田の肩を撃つ！
倒れる原田。手榴弾を取り落とす。

榎本　（銃を人々に向け）動くな！
人々　……。
榎本　逃げろ！
ナオミ　え？
榎本　いいから逃げろ！

ナオミ、逃げ去る。
榎本もそれを追う。
拳也、捨てた拳銃に飛びつく。
ヒデ、手榴弾に飛びつく。
拳也、逃げた榎本の方に発砲。

ヒデ　死ねえ！

内藤、足に隠していた銃でヒデを撃つ！
ヒデ、撃たれるが、手榴弾のピンを抜き、

ヒデ　ハハハハ。――レンジャー！

と手榴弾を振り上げる。
とストップモーションで止まる人々。

笠原　（声）ちょっと待てッ。

笠原、出てくる。

笠原　（奥へ）おいッ、値札の兄ちゃん。おいッ。

真介、出てくる。

真介　何ですか。
笠原　あんたはどこにいるんだよ。
真介　だからあっちに。
笠原　あっち？
真介　ええ、隅っこです。
笠原　何もしねえで見てたのか。
真介　何もしてなくはないですよ。この光景を震えながらじっと見てましたよ。
笠原　（真介を叩く）
真介　あ痛ッ。
笠原　何堂々と言ってんだよッ。
真介　だってこんなトコ来たら大変じゃないですか。見てくださいよ、これ。（とヒデを示し）ピン抜いてるんですよ、これ。
笠原　（あきれて）……まあ、いい。で、どうなる？
真介　爆発するんですよ、コイツ（手榴弾）が。（人々に）アクション！

と人々、スローモーションで動き出す。
内藤、拳銃でヒデを撃つ！
真介、袖からマイクを持って出てきて、

真介「バーンバーンバーン……」（内藤の拳銃の発砲音）

ヒデ、胸を撃たれる。

真介「ぐわッぐわッぐわッぐわッ……」（とヒデの台詞）

ヒデ、ゆっくりと倒れる。

真介「とぅめえ（テメー）とぅめえとぅめえとぅめえ！」（と原田の台詞）

と、内藤を撃つ原田。

真介「ズキューンズキューンズキューン……」（原田の拳銃の発砲音）

内藤、肩を撃たれる。

真介「おうッおうッおうッおうッ……」（と内藤の台詞）

拳也が手榴弾を拾って奥へ投げる。

真介「くそおうくそおうくそおうくそおう……」（と拳也の台詞）

その手榴弾を取ってゆっくりと袖へ投げ入れる真介。

真介「ドドドドドッ……」（と爆発音）

と、ホンモノの爆発音。
爆風に吹き飛ばされる人々。
笠原も真介もいっしょに転がる。
ここから普通の動きになる。
と榎本がヒョイと出てきて、バッグを取って逃げる。

内藤　！

拳也、榎本に発砲する。
内藤、原田に銃口を向けて威嚇する。
原田、身を隠す。
拳也も転がって身を隠す。

内藤　拳也ッ。
拳也　ハイッ。
内藤　こっちはいい。あの野郎を、あの野郎を追えッ。
拳也　わかりましたッ。

拳也、走り去る。

ヒデ　（内藤に）来るな、来るなッ。

内藤、瀕死のヒデを無情に射殺する。
そして顔を蹴り上げる。

内藤　くそッ。

と走り去る内藤。
無残に死んでいるヒデが残る。
間。

笠原　誰もいねえぞ、もう。

真介　しッ。

と奥を促す。
そこへ原田がふらりと出てくる。
ヒデの死体に近寄る原田。

原田　最高のプレゼント交換だぜ。ハハハハ。

ヒデの死体を背負って去る原田。

と笠原、「ダくしょん!」とくしゃみする。

と足音が聞こえて来る。

足音にハッとして舞台袖から布団と枕をあわてて取りだし、寝たフリをする笠原と真介。

⓫〜同房の男②

寒風が聞こえてくる。
冒頭の刑務所の独居房。
伊丹看守の足音、止まる。
扉の向こうから姿の見えない伊丹の声が聞こえる。

伊丹の声　ずいぶん早いご就寝だな。

寝たフリをしている笠原と真介。
鼾《いびき》をかく笠原。
それを真似て鼾をかく真介。

伊丹の声　今、手榴弾が爆発しなかったか？

鼾でそれに応える笠原。

伊丹の声　ここまできて、問題は起こすなよ、センセイ。

鼾でそれに応える笠原。

伊丹の声　メリー・クリスマス。

と足音、遠ざかる。
こっそりと起きて、伊丹の退場を確認する真介。

真介　（ホッとする）

寝たままの笠原。

真介　見ましたか、今の。まだコドモ（ヒデ）じゃないですか。あんなコドモ撃ち殺してまったく鬼ですよ、鬼ッ。あんなヤツ死んで当然だよ。
笠原　……死んだのか、あの内藤って野郎は。
真介　あ、いけねえ。まだ言わない方がよかったか。
笠原　だが、あんたはこうして生きている。
真介　いいヤツはやっぱ生き残るんですよ。
笠原　いいヤツと意気地のねえヤツは違う。
真介　……。
笠原　もう話はいいや。――おやすみ。

と寝てしまう笠原。

真介　ちょっと待ってくださいよ。こっから盛り上がって来るんじゃないですか。

笠原　……。

真介　つまんないですか、オレの話。

笠原　いや。

間。

真介　ちょっと気になったんですけど。

笠原　あン？

真介　どういうことですか、センセイって。看守さんが、さっき――。

笠原　詐欺のセンセイなんだよ。

真介　ふーん。

笠原、寝ている。

真介　笠原さんはなんでココに？　誰かをダマくらかして、そンで逮捕《パク》られたってことですか。最後の夜の土産《みやげ》にあんたのことも聞かせてくださいよ。

笠原　……。

真介　ねえッ。

間。

笠原　杜子春《とししゅん》って話、知ってるか。

真介　え？

笠原　杜子春だ、芥川龍之介の。学校の教科書に載ってたろ。

真介　ああ――あれね。知ってますよ、そのくらい、オレだって。（本当は知らない）それが何ですか。

笠原　この〝上がり部屋〟に来る前、雑居房のお仲間に偶然あの本を持ってるヤツがいてな。そいつ、もの書きだとかで、前はちったあ売れた小説家だったらしいが、ある時からパッタリいい話が書けなくなった。で、その挙句、ヤケ起こして罪を犯してココにぶち込まれたって野郎だ。

真介　ふーん。

笠原　そいつが後生大事に持ってたのがその本で、貸してもらって読んでみた――たぶん三〇年ぶりくらいだ。

真介　……。

笠原　すごい小説だよな、あれは。

真介　何か言いたいんですか。

笠原　上《のぼ》り調子ンとき人間は集まる。しかし、そうでなくなりゃあ、恩も忘れてあっと言う間に知らぬ存ぜぬだ。まったく人間なんてのはアテにはならねえ。

真介　……。

笠原　そんな人間に絶望した杜子春は俗世を捨てて仙人に頼んで山奥に行く。オレが逮捕《パク》られてココに入ったみたいなもんだ。フフ。

真介　……。

笠原　そこで杜子春はいろんな試練を経てある結論に達する。
真介　どんな。
笠原　金とか名誉じゃねえ、本当の人の情けってもんがどーいうものかわかるようになるのよ。うーッ。（と寒い）……へへ。余計なことしゃべったな。

笠原の過去を想像する真介。

真介　ふーん。
笠原　仙人から小さな土地を貰って、また一から出直すのよ。
真介　人の情けがわかった杜子春はその後、どうなるんですか。
笠原　何？
真介　杜子春はそれでどうなるんですか。

間。

真介　それって自分のことですか。
笠原　だったら何だ。
真介　いや。
笠原　何だ。
真介　言うと気悪くするから。
笠原　今夜でお別れだ。明日から気まずい思いすることもねえ。

真介　じゃあ言いますけど――そんなに簡単にはいかねえんじゃねえかなって思って。
笠原　何？
真介　だから、いくら仙人から土地もらったって「一から出直す」なんて。
笠原　……。
真介　笠原さんが何やってたのか知らねえけど、ココ出てそんなにいいことがあるなんてオレにはどうも――。（信じられない）
笠原　……。
真介　あのでかい看守さんが言ってましたよ。ここにいる大半のヤツはまた同じこと繰り返してココに戻って来るんだって。
笠原　……。
真介　そんなの、しょせん夢物語ですよ。

笠原、起き上がって真介を見る。

真介　何ですか。
笠原　そんなことはわかってる。
真介　え？
笠原　だから塀のなかの杜子春は迷ってる。もうそんなに若くもねえ。腹に肉もついた。一からやり直すなんて簡単にはできねえ。外に出ても、待っているのは前よりずっと深い孤独と絶望だけなんじゃねえかってな。
真介　（関心なく）へえ。

と寝ころぶ真介。
笠原、真介に近寄り、足で蹴る。

真介　何すんだよッ。
笠原　何だ、その態度はッ。
真介　負け犬の昔話なんか聞いても面白くねえってことですよッ。
笠原　何だと――。

と真介の胸ぐらを掴む。
もみ合う二人。
笠原、真介に組み伏されてしまう。

真介　〝上がり〟直前に暴力ですかッ。いいですよッ。けど、あんたの出所、これでパーだからなッ。
笠原　……。
真介　「いいヤツと意気地のねえヤツは違う」――ハハハハ。じゃあ、あんたは意気地はあったんですかッ。

真介、笠原から手を離す。

真介　ちえッ。馬鹿らしいぜ、せっかく一生懸命聞いてるのに。

と座り込む真介。

笠原　話せ。
真介　何を。
笠原　話の続きだ。聞かせてもらおうじゃねえか、あんたの物語の結末を。
真介　……。
笠原　夢物語じゃねえ話の結末を。
真介　……。

笠原、真介に一歩近づく。

真介　わかりましたよッ。
笠原　だが、ひとつだけ言っとくぞ。今後のドンパチの件《くだり》は小声で話せ。いいな。
真介　(うなずく)

真介と笠原、布団を片付けながら、

笠原　ヘッ。
真介　何ですか。
笠原　ココじゃずいぶん勇ましいのに、話ンなかじゃヒーヒー言って逃げ回ってるのはどういうわけかと思ってよ。

真介　これからですよ、オレの見せ場は。
笠原　ほう。
真介　あのドンパチの後、製鉄所の隅っこの方で震え上がってたんです。
笠原　それで？
真介　すると——。

と、震え上がってる真介の元へ内藤がやって来る。
内藤、ものも言わずに真介を一発二発殴る。
そして、真介の襟首《えりくび》をむんずと掴んで連行する。

真介　あれぇッ。

と連れていかれる真介。

笠原　……最悪だな。

とそれを追う笠原。

⑫〜捕まった真介

拳也の声　何度も言わせんじゃねえよッ。
真介の声　ぐわッ。

真介が拳也に突き飛ばされて出て来る。
続いて内藤。
内藤のマンション。
真介を殴り蹴る拳也。
内藤、拳也を制する。

真介　（苦しい）
内藤　どこかで落ち合うはずだったんだろう、あの野郎と。
真介　（首を横に振る）
拳也　まだ痛めつけられてえのか――。（と一歩出る）

拳也を制する内藤。

真介　国外に逃げるって言ってたんだよ。
内藤　国外？
真介　知り合いに段取りつけてもらって――。
内藤　その知り合いってのは誰だ。あン、なんて奴なんだッ。
真介　知らねえよッ。みんな、みんなあいつが一人で決めたことだから。
内藤　……。

内藤、真介を突き放す。

拳也　どーすんですか。これじゃオレたちとんだ馬鹿野郎じゃないですかッ。
内藤　落ち着け。
拳也　これが落ち着いてられますか。そもそもあんたがコイツらと関わらなきゃ、こんなことにはならなかったんだッ。

内藤、拳也の胸倉を掴む。

内藤　いいか、拳也。オメーもコイツらが来ることに同意したんだ。それを忘れるんじゃねえぞ。

と、拳也を突き放す内藤。

拳也　……チクショー。

と、「勝手に上がらせてもうらうよ」という声とともに元村が来る。

元村　取り込んでるみたいだな。

倒れている真介を見る元村。

元村　説明してもらおうか、どういうことか。
拳也　(内藤を見る)
元村　そいつは、榎本っていうクルマ泥棒といっしょに逃亡した囚人の一人だな。(と手配写真を出し)
　えーと名前は近田真介。なんでコイツがこんなトコにいる?
内藤　悪いが今、あんたに関わってる暇はねえんだよ。
元村　そうはいかねえなあ。あんな派手なドンパチやらかしといて。
内藤　……尾行《つ》けてやがったな。
元村　金の匂いには敏感でねえ。

と真介の顎《あご》を取り、顔を確かめる元村。

元村　榎本が金を持って逃げたってことだな。
内藤　……。
元村　奪ったのは売上金か、カジノの。

拳也、拳銃を出そうとする。
それを止める内藤。

元村　こういうことか。あんたのトコにコイツらが押し入った。そして、あんたを人質にして拳也に金を持ってこさせた。そして、榎本はどこかでボスの女と落ち合って逃げた——そういうことか？
拳也　なんのことだか——。（知らねえな）
元村　ハハハハ。トボけてもダメだ。あの野郎、あの女とグルになってオレのことダマしやがって。
内藤　どこで見かけたんだ、奴らを。
元村　製鉄所の近くの道端だよ。で、一発食らって逃げられてちまったってワケよ。

と殴られた口を押さえる元村。

内藤　……。
元村　何が起こってるんだ、いったい。
拳也　……。
元村　言っちまえ。悪いようにはしねえよ。

と、内藤の携帯電話が鳴る。

内藤　（出て）モシモシ。

と、別の場所に榎本が出て来る。

榎本　相棒はいるかい、そこに。
内藤　……てめえ、こんなことしてただですむと思ってんのか。
榎本　いいや。だからこうして電話してるんだ。
内藤　……。
元村　榎本かッ。奴からの電話なのか。
内藤　(元村に)黙ってろッ。
榎本　相棒はどうした。
内藤　いるぜ、ここに。もっとも血流してうんうん唸ってるがな。
榎本　どうだい、裏切られた気分は。
内藤　てめえを利用しようと思ったオレが馬鹿だったぜ。
榎本　相棒を出せ。
内藤　出してどーする。
榎本　生きてるかどうか知りたいんでな。出さねえと、一生、あんたのほしいものにはお目にかかれなくなるぜ。
内藤　……。

内藤、真介に受話器を渡す。

内藤　出ろ。

真介　モシモシ。
榎本　へへへ。生きてるか。
真介　だから言ったろう。こんな奴に関わんのはヤバイって。
榎本　そう言うな。少なくとも女と金は手に入ったんだ。
真介　そりゃあんたはいいよ。そのまま金持って逃げちまえばいいんだから。でも、オレはどーなんだよ。
榎本　痛めつけられたか。
真介　ボロボロだよ、もう。
榎本　へへ。そのくらいの口が聞けるならまだ大丈夫だ。
真介　大丈夫じゃないよ、もう。（と泣く）
榎本　阿呆ッ。泣くなッ。
真介　だって――。
榎本　大丈夫だ。まだ望みはある。
真介　どーするって言うんだよ。
榎本　代われ。奴と話がある。

真介、受話器を内藤に渡す。

内藤　で、どーする。
榎本　そいつを逃がせ。
内藤　へへへへ。おいしいトコ全部かっさらっといてふざけるんじゃねえぞ。

榎本　逃がしてくれたらオレたちの取り分以外の金は返す。
内藤　ほう。
榎本　その代わり女は逃がす。それが取り引きの条件だ。
内藤　……。
榎本　もちろん女はこの街に二度と戻らないって約束でだ。
内藤　……。
榎本　どうだ。あんたにとっちゃそんなに悪くねえ話だと思うが。
内藤　……。
榎本　ダメならこれでさよならだ。
内藤　待てッ。
榎本　飲んでくれるか。
内藤　いいだろう。だが、取り引きの場所と時間はこっちが決める。文句はねえな。
榎本　いいだろう。
内藤　一時間後、場所はカジノ裏の駐車場だ。
榎本　わかった。
内藤　妙なトリック考えんなよ。
榎本　それはこっちの台詞だぜ。じゃあな。
内藤　おい。
榎本　何だ。
内藤　会う前にひとつ聞いときたいんだが。
榎本　ああ。

内藤　生きて帰れると思うか。
榎本　どうかな。だが、勝負はやってみなけりゃわからねえからな。
内藤　そりゃそうだ。へへへへ。
榎本　ハハハハ。じゃあな。

と、電話を切って去る榎本。

拳也　何だって。
内藤　金持ってカジノに来る。こいつと引き替えにな。
拳也　……。
内藤　（真介に）あんたの相棒は、思ったより仲間思いなんだな。
真介　どーするってんだ。
内藤　決まってんだろう。これだけ苔《こけ》にされといて黙って終わると思うか。

と、真介を蹴る内藤。

真介　おうッ。
元村　榎本が売上金持ってカジノに来るのか。
内藤　……。
元村　そうなんだな。
内藤　そうまでして知りてえんなら、いっしょについて来い。だが、知ればあんたの病気の奥さんが泣くことになるぜ。
元村　どーいうことだ。
内藤　（拳也に）連れていけ。
拳也　歩けッ。もたもたすんじゃねえよ。

真介を連れて出て行く拳也。
部屋から出て行こうとする内藤。

元村　ちょっと待て。こいつをどーしようってんだ。
内藤　テメーの目で確かめてみりゃあいいじゃねえか、こいつがどうなるか。
元村　……。
内藤　それと、あらかじめ断っとくが。
元村　何だ。
内藤　警察《サツ》に連絡なんてしてみやがれ。テメーの未来はないと思え。

と出ていく内藤。

元村　……。

それに続く元村。

⑬〜原田とワン

と、ワンに肩をかした原田が来る。
カジノ近くの高速道路下。
時折、車の通過音。
ボロ雑巾のようにその場に崩れる二人。
ワンは拳也に痛めつけられてボロボロ。
原田も撃たれた肩から出血してる。

ワン　ヒデオは？

原田、ヒデの持っていた拳銃を出し、ワンに渡す。

ワン　……。
原田　へへへへ。
ワン　金も。
原田　ああ——。

ボンヤリと虚空を見上げる二人。
車が通り過ぎる音。
原田、ヒデの持っていたラジオを出してスイッチをつける。
クリスマス・ソング。

原田　そう言やあ今日はクリスマスだよなあ。
ワン　そう、ね。
原田　……見てみろ。

と遠くを顎でしゃくる原田。
豪華なホテルの景観が見える。

ワン　（見て）……。
原田　想像してみろ――あのでっかいホテルの部屋ンなかで、どんなことが起こってるか。
ワン　……。
原田　フカフカの絨毯。
ワン　暖かいベッド。
原田　ステキな音楽。
ワン　豪華なお食事。
原田　「君と二人きりになれて幸せだよ」
ワン　「あたしも」

原田　「どうだった、さっきのレストランで食べたディナーの味は」
ワン　「とてもオイシかった。ワインも最高だったし」
原田　「これ、僕からのプレゼント」
ワン　「キャーうれぴー」
原田　へへへへへ。
ワン　ハハハハハ。

と、笑う二人。

原田　……。
ワン　……。

車の通り過ぎる音。

ワン　どうするの、これから。
原田　決まってんだろう。
ワン　(見る)
原田　こんな危ねえ橋渡るのやめて——タクシーの運転手になるのよ。
ワン　……そりゃあいい。
原田　ハハハハ。
ワン　ハハハハハ。でも、乗りたくない、ワタシは。

原田　馬鹿にすんなよ。こう見えても安全運転にゃ自信があんだぜ。
ワン　ホントかな。
原田　へへへへ。

原田、拳銃を出す。

原田　いいぞ、消えて。

原田、行こうとする。

ワン　待って。
原田　(止まる)
ワン　見損なわないでほしいな。こう見えても自信あるよ、運転。
原田　何?
ワン　いっしょにやる。
原田　……。
ワン　こんな馬鹿なことはとっととやめて——タクシーの運転手を。
原田　へへへへ。
ワン　ハハハハ。
原田　好きにしろ。オレはカジノの裏口を張る。

原田、フラフラと去る。

ワン　……。

ワン、反対側に去る。

⑭～ナオミ

港。
ナオミが海を見ている。
とそこに榎本が来る。
榎本は金の入ったバッグを持っている。

ナオミ　真ちゃんは——。
榎本　心配するな。生きてたよ、ちゃんと。

とナオミから借りた携帯電話を返す榎本。

ナオミ　まったくドジなんだから。
榎本　オレはこれからカジノへ行く。あんたとは明け方、ここで落ち合おう。午前六時三〇分にあそこの（と示し）港から出る〝セント・メモリアル〟って船がある。取り引きがすんだらあの馬鹿といっしょにそこに。
ナオミ　……。
榎本　いいなッ。〝セント・メモリアル〟だぞ。その船に乗って国外に出る。

ナオミ　今、カジノになんか行ったら殺されるに決まってんじゃない。
榎本　殺されるかどうか行ってみなけりゃあわからねえだろう。
ナオミ　……。
榎本　とにかく、とにかくそういうわけだ。港で待ってろ。

と行こうとする榎本。

ナオミ　ねえッ。
榎本　（止まる）
ナオミ　ひとつ提案があるんだけど。
榎本　何だ。
ナオミ　二人でこのまま逃げない？
榎本　何？
ナオミ　あんな意気地なしのこと放っといて、あたしといっしょに逃げようって言ってるの。
榎本　アイツを裏切れって言うのか。
ナオミ　裏切るんじゃないの――見捨てるの。
榎本　……。
ナオミ　あたし、ほんとはアンタの方が好きだったのよ。
榎本　何を今さら――。
ナオミ　ほんとよ。でも、タイミング悪く真ちゃんに口説かれちゃって。
榎本　……。

ナオミ　だから、さっき、あそこにアンタが来てくれてすごくうれしかった。
榎本　……。
ナオミ　こんなにドキドキしたの久し振り。フフ。
榎本　……。
ナオミ　何かのために命張れない男に魅力ないわ。
榎本　……。
ナオミ　それに――。

と榎本の持っているバッグを示すナオミ。

ナオミ　先立つものにも当面苦労しないし。
榎本　ふーん。
ナオミ　何よ。
榎本　いや。
ナオミ　「少し足りねえ馬鹿女と思ってたが、結構したたかな女だ」
榎本　……。
ナオミ　フフフフ。この三年くらいで学んだのね、きっと。
榎本　何を。
ナオミ　女は馬鹿じゃやっていけないってこと。
榎本　……。
ナオミ　伊達《だて》に息の臭いあのオヤジに抱かれてきたわけじゃないわ。

榎本　……。
ナオミ　それにあたしもうすぐ三〇よ。適当にあしらわれて捨てられるのは目に見えてるわ――だから、今がいい潮時。
榎本　……。
ナオミ　ね、逃げよう、あたしと。
榎本　悪いけど、あんたと二人で手つないでバイバイはできねえんだよ。
ナオミ　なんで？
榎本　なんでも糞もあるかッ。そうと決めたからできねえんだ。
ナオミ　フフフフ。
榎本　何だ。
ナオミ　ほんとお人好しねえ。それじゃ出世できないわよ。
榎本　大きなお世話だ。じゃあ、な。運がよけりゃあ明日の朝は太平洋の波の上で日光浴だ。
ナオミ　運が悪ければ？
榎本　ゴミ溜めみてえなアスファルトの上で、血反吐《ちへど》を吐いて這いつくばるのよ。

榎本、バッグを持って走り去る。

ナオミ　「ゴミ溜めみてえなアスファルトの上で、血反吐を吐いて這いつくばるのよ」……何かっこつけてんだよッ。バーカッ。

と言うが、榎本が何か愛《いとお》しいナオミ。

ナオミ、ふと黒々とした海面を見つめる。
ナオミのイメージ。
＊
ナオミの背後に内藤が出てくる。
内藤、最後の銃弾を拳銃に込める。

ナオミ　（見て）……。

と別の方向から原田が出てくる。
原田、最後の銃弾を拳銃に込める。

ナオミ　（見て）……。

と別の方向から榎本が出てくる。
榎本、最後の銃弾を拳銃に込める。

ナオミ　（見て）……。

カジノの売上金をめぐって敵対する男たちは、命をかけて最後の闘争に臨むべく決然と立ち上がる。
男たち、別々の方向に走り去る。
＊

ナオミ、時計を見て反対側に去る。

⑮〜最後の銃弾

内藤が出て来る。
続いて、拳也に連れられた真介。
真介を突き倒す拳也。
カジノ裏手の駐車場。
と、元村が内藤たちのところへ駆け寄る。

元村　気は確かなのか。目と鼻の先じゃねえか、警察の。その上、さっきの爆発騒ぎで公安まで出回ってる。こんなことしてただですむと思ってんかッ。
内藤　あんたとも長い付き合いだが、これでお別れみたいだな。
元村　(コイツは死ぬ気だ)……。

元村、行こうとする。

内藤　どこ行く。
元村　オレは何も見なかったし、何も聞かなかった。ここまで事が派手になると、とてもオレの手には負えん。

内藤　……。
元村　それに、あんたの巻き添えで命を落としたくないんでね。
内藤　……。
元村　これであんたとの縁もお仕舞《しま》いだ。後は殺し合うなり自殺するなり好きにやれ。

と行こうとする元村。

拳也　（道を塞ぐ）
元村　何のつもりだ。
拳也　そりゃねえんじゃねえか。今までさんざんいい思いしてきたくせに。
元村　お互い様だろう。そこをどけ。
拳也　（どかない）
元村　そこをどけって言ってるんだッ。

内藤、おもむろに元村を捕まえて、腹に銃を当てて元村を撃つ。

元村　！
内藤　これでもう助からねえ。何か言い残すことは？
元村　……。
内藤　ねえのか、この薄汚ねえ世界に残す言葉はッ。
元村　……ちくしょーーッ。

元村、崩れ落ちる。

真介　ひえーッ。ひえーッ。ひえーッ。

内藤、真介に銃口を向ける。

内藤　運び出せ。早くしろッ。

拳也、元村を引き摺って、去る。

真介　……。

内藤　怖いか。だが、これからもっと怖いことが起こるぜ。

拳也、戻って来る。

内藤　ハハハハ。

拳也　何ですか。

内藤　聞いたか、あのお巡りの最後の言葉を。

拳也　ええ。

内藤　「ちくしょーッ」と来たもんだ。最低の死に方だと思わねえか。

原田の声　しぶとく生きてるじゃねえか、イカサマ野郎。
拳也　ハハハハ。
内藤　ハハハハ。
拳也　まったく。

と、そこへ原田が拳銃片手に来る。（銃口は落ちている）
ザッと銃を構える拳也。

内藤　待てッ。
拳也　……。
内藤　まだうろうろしてやがったのか。
原田　ああ。テメーを殺《や》らねえことには地獄にも落ちても落ち切れねえからな。
内藤　いい度胸だ。
原田　へへへへ。
内藤　へへへへ。

間。
原田、銃口が上がる。
と、拳也が原田を撃つ！
原田、着弾するがふんばって倒れない。

原田　……へへへへ。
拳也　野郎！

と、撃とうする拳也。

原田　おーッ！

原田、拳也を連続して撃つ！
内藤、体勢を崩して原田を撃つ！

原田　……。

倒れる拳也。

原田　ハハハハ。

と倒れる原田。

内藤　残念だったな、地獄に落ち切れなくて。

と、銃声！

内藤、撃たれる。
ワンが拳銃を構えて出てくる。
内藤、一瞬のスキをついてワンを撃つ！
ワン、首を撃たれてふっとぶ。

真介　……あわあわあわ。

内藤、腹に着弾していることに気づく。

内藤　くそッ。

真介、そのすきに逃げようとする。
それを捕まえる内藤。

内藤　そうはいかねえぜ。へへへへ。
真介　（戦慄）

榎本がふらりとやって来る。
片手に拳銃、片手にバッグ。

内藤　（気づいて）へへへへ。面白え見せ物だろう。これじゃどっちが人質かわかりゃしねえ。

榎本　……。

と、真介を突き放す内藤。

内藤　見ての通り、たぶんオレはもうそう長くねえ。ただ、あんたが来る前におっ死《ち》んでたら失礼だと思ってね。へへへへ。
榎本　あの世には金は持ってけねえぜ。
内藤　そりゃオメーも同じだろう。（とうずくまる）
榎本　……。

真介、榎本に這い寄る。
榎本の銃口が下がる。
と突然、内藤、榎本を撃つ！
肩を撃たれる榎本。

内藤　へへへへ。
榎本　……へへへへ。
内藤　後悔してるだろう。「オレに復讐なんかしようと思わなきゃこんなことにはならなかった」と。
榎本　いや――。
内藤　？
榎本　あんたに会ったおかげでつまらねえ人生が最高に面白くなったぜ。

内藤　それで命落としゃ世話ねえぜ。
榎本　監獄暮しより、よっぽどマシさ。

内藤と榎本、同様に立ち上がる。

内藤　あばよ——地獄で会おうぜ。

間。
二人、同時に撃つ！
内藤と榎本、倒れる。
真介、榎本にヨロヨロと駆け寄り抱き起こす。

真介　しししっかりしろッ。
榎本　（苦しい）
真介　おいッ。
榎本　女が——ナオミが六時半に港で待ってる。そこへ——これ（金）持って行け。
真介　あんたに弱気は似合わねえよ。いっしょに行こう、な。
榎本　へへへへ。これじゃ無理だ。
真介　……。
榎本　へへへへ。
真介　何笑ってんだよ。

榎本　いい匂いだ——オレはこの匂いが大好きだ。
真介　何が。
榎本　雨上がりのアスファルトの——。
真介　……。
榎本　(息絶える)
真介　おい、おいッ。返事しろよ、おいッ。

と、そこにワンが這い出て来る。

内藤の死体をボンヤリと見つめるワン。

真介　……。(泣く)

と、そこに笠原が出てくる。

舞台に転がるいくつも死体を眺める笠原。

傷ついた中国人強盗、ワン——。

K1崩れの用心棒、拳也——。

自衛官崩れの強奪犯、原田——。

汚濁に塗《まみ》れた世界に生きた闇カジノの支配人、内藤——。

真介のために命を落とした復讐者、榎本——。

悲惨極まりない光景ではあるが、そこには陰惨さがないのは、彼らは一様に満足気に死んでいるからか。

笠原、そんななかで泣いている真介を見る。

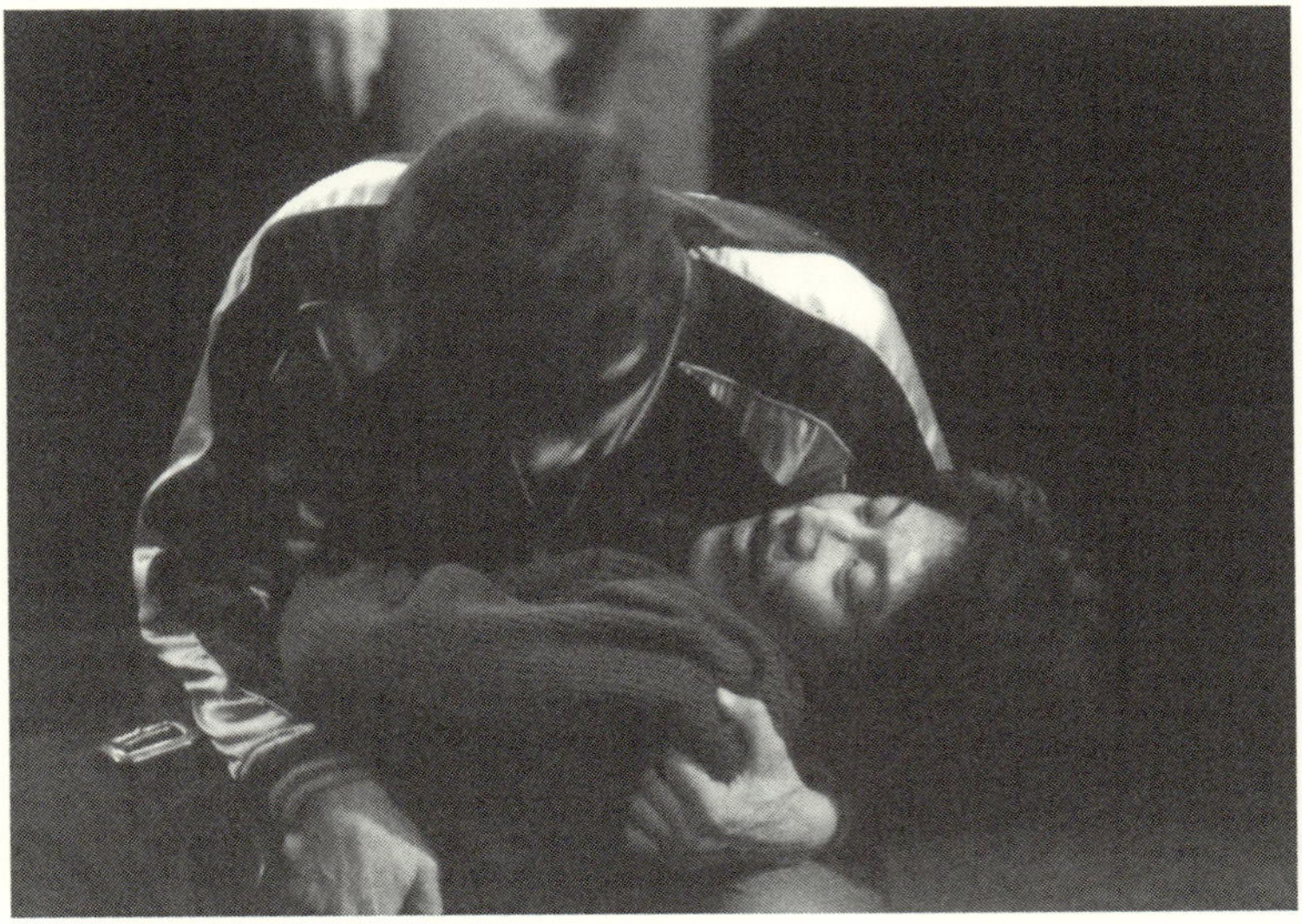

笠原　……。

波の音が聞こえてきて暗転。

⑯〜生き残った男

舞台に明かりが入ると、そこは朝の港。
波音とカモメ。
朝靄《あさもや》の立ち込めるなかにナオミがいる。
海に臨むナオミ。
と、そこにバッグを持った真介が来る。
ナオミ、横目でちらりと真介を確認するが、すぐに視線を海へ戻す。

ナオミ　……。

真介、ナオミに近づく。

真介　久し振り。
ナオミ　うん——。
真介　元気そうだな。
ナオミ　まあね。
真介　何だよ、それだけかよ。

ナオミ　……。
真介　まあ、いいや。
ナオミ　……相棒は。
真介　……。
ナオミ　……そう。

と海を見るナオミ。
と、そこに笠原が出てくる。

真介　見ろよ、これ。(とバッグを開け) これさえあれば、当分暮しには困らねえぜ。ハハハハ。
ナオミ　……。
真介　行こう、もうすぐ船が出る。
ナオミ　……。
真介　何してるんだよッ、オレが来てうれしくねえのかよ。
ナオミ　うれしいと思う?
真介　……。
ナオミ　あんた――いったい何してたの?
真介　それがラッキーだったんだ。オレ乗せた護送車が事故って――。
ナオミ　そんなことが言いたいんじゃない。
真介　じゃあ何だよ。
ナオミ　ハハハハ。わかんないの。じゃあ言ってやるわよッ。あんたのやってたことは、相棒に引っ張られて、嫌々復讐に行って、「ヤだヤだ」泣きわめいて、アイツらがやってること遠くから窺って、拳銃見てヒーヒー逃げ回ってたのよ。

真介　……。

ナオミ　「オレは他人を傷つけることはしたくねえんだ」

真介　？

ナオミ　あんた、昔、あたしにそう言ったわね。

真介　ああ。

ナオミ　じゃあ、今もこう思ってるでしょ。「オレは誰も傷つけなかった。少なくともオレは拳銃で殺し合いして死んでくアイツらよりはマシだった」って。

真介　思ってるよ。

ナオミ　ハハハハ。

真介　何がおかしいッ。

ナオミ　真ちゃん、三年前と全然変わってないわ。違うのよ、全然。

真介　何が違うんだよッ。

ナオミ　あんたは逃げてるのよ、すべてから。

真介　……。

ナオミ　アイツら馬鹿よ——ほんと笑っちゃうくらいに。何億か知らないけど、たかがお金のために殺し合って。でも、あたしはアイツらの方があんたより断然、素敵だと思う。なぜだかわかる？

真介　（わからない）

ナオミ　命かけて闘ったのよ、アイツらは。からだ張って闘ったのよッ、アイツらは——自分の欲望のために。

真介　……。
ナオミ　それに比べたらあんたなんか全然ダメな最低野郎だわ。自分の欲望押し殺して、オレだけは正しかったみたいな顔して出て来ないでよッ。
真介　ざけんッ――！

とナオミを殴ろうとする真介。

ナオミ　（動ぜず）……。
真介　……。
ナオミ　殴らないの？　女にこんなこと言われて殴らないの。
真介　……。

真介、ナオミを放す。

ナオミ　ハハハハ。素敵な旅をね。

ナオミ、去ろうとするが立ち止まる。

真介　……。
ナオミ　今日はクリスマスよね。あなたにプレゼントがあるの。
真介　？

ナオミ　あたしの最後の愛情だと思って受け取って。
真介　何を——。
ナオミ　闘いなさいよッ命かけてッ。男でしょ！

ナオミ、真介を殴る。

真介　（何も言い返せず）……。
ナオミ　さよなら。

と言ってナオミ、去る。
波の音とカモメ。
汽笛が大きく鳴る。
真介、殴られた頬の痛みを感じて立っている。

⑰〜同房の男③

房の外の風——。
冒頭の刑務所の独居房。
真介、回想のなかで叩かれた頬が痛い。

真介　手加減、知らねえんだから、ッたく。おー痛え。
笠原　……。

と着替えて、袖から布団を出す真介。

真介　で、一人で国外出てもアレなんで、金持って逃げようとも思ったんですけど、何せ持ってる金が金でしょ。下手に使えばすぐにバレると思ってしばらくはじっと暮らしてたんですけど——。
笠原　そのうちに我慢できなくなって金を使い、職質（職務質問）かけられて、挙動不審で捕まった、と。
真介　いえ、オレを訪ねて来たんですよ、組織の連中らしい野郎が。こーんな顔したでかい男が。幸いそンとき、オレ、そいつと鉢合わせしなくて済んだんですけど、もうそれ見てビビっちゃって。で、金を組織に宅急便で送り返して（とバックを袖に投げ入れ）——自首しました。

笠原　ほう。
真介　これがオレがいたあっちの世界ですよ。夢も何もあったもんじゃねえ。
笠原　……。
真介　だからコリゴリなんですよ、あんな気違いのいる世界は。
笠原　……。
真介　しかし、あの女もあの女だよ。人間、死んだらお仕舞いじゃねえか。それをあんな言い方しなくてもいいじゃねえか。
笠原　長生きするだけが脳じゃねえ。
真介　そんなことないですよ。長生きするのが大事なんです、人間は。
笠原　ハハハハ。
真介　何ですか。
笠原　つくづく幸せな野郎だと思ってよ。
真介　どーいうことですか、それ。オレが間違ってたとでも言うんですか。
笠原　ああ。
真介　……。
笠原　間違えたからこそ、あの女はあんたを殴ったんだ。
真介　じゃあ、笠原さんはアイツらみたいに拳銃持って殺し合うのが正しかったって言うんですか。
笠原　そんなことは言ってねえ。
真介　……。
笠原　オレたちが本当に闘わなきゃいけねえのは拳銃持った悪党じゃねえ。
真介　じゃあ誰と闘うんですか。

笠原　……。
真介　誰と闘えって言うんですか。
笠原　そいつは自分で考えろ。
真介　……。
笠原　ハハハハ。

と笑い出す笠原。

笠原　話、聞けてよかったよ。
真介　？
笠原　身に染みるほど痛かったよ。
真介　何が。
笠原　あのネーチャンのビンタがよ。
真介　……。
笠原　「あんた、いったい何してたの」か──。

と自分の頬を触る笠原。

笠原　まったくその通りだ。ハハハハ。
真介　……。
笠原　四年──あんたに時間はたっぷりある。その間にいろいろ考えりゃいいさ。

真介　どういうことですか。
笠原　何？
真介　何かずいぶん機嫌がいいから。
笠原　……。
真介　怒ンないんですか、オレの話、聞いて。
笠原　ああ。
真介　何だよ、何か拍子抜だなあ。
笠原　そんなことはどーでもいい。布団、引け。もうすぐ就寝時間だ。
真介　はあ。

布団を引く二人。

笠原　今夜は頼むから、夜中に叫び声あげて起こさないでくれよ。
真介　大丈夫ですよ。一応、話してすっきりしたから。
笠原　オレと入れ違いにココにぶち込まれるのが、毛むくじゃらのホモ野郎じゃねえことを祈ってるよ。
真介　またそんな。

布団を敷き終える二人。

真介　寝る前に——最後にひとつ。

笠原　何だ。
真介　ここ出たら――。
笠原　……。
真介　ここ出たら、何するんですか。
笠原　……。
真介　色っぽいネーチャンと温泉旅行ですか？
笠原　……。
真介　すんません、聞いちゃいけないことでしたよね。
笠原　いいや――教えてやるよ。
真介　……？
笠原　あんたはもうコリゴリなんだろう、あっちの世界に。
真介　ええ。
笠原　オレは違うなあ。
真介　何を――？
笠原　闘うのよ、命賭けて。

と、笠原、架空の拳銃に架空の銃弾を込める。
笠原にとっての最後の銃弾――。
そして、その架空の拳銃をじっと見つめる。

真介　（それを見て）……。

笠原　（真介ににっこりと微笑む）

と、伊丹看守の「点検、用意ーッ」という声が聞こえる。

笠原　ハーイッ。

と腹の座った声でそれに応える笠原。
そして、すばやく乱れた布団を直す。
真介も笠原に倣って、すばやく布団を直す。
二人、舞台奥の扉に向かって正座する。
劇を通して一度も開かなかった鉄の扉が全開になる。
扉の向こうから光が射し込んで来る。
光に向かって座っている笠原と真介。

［参考文献］

『実録！　ムショの本』（ＪＩＣＣ）
『実録！　刑務所』（別冊宝島編集部／宝島社文庫）
『囚人狂時代』（見沢知廉／新潮文庫）
『日本の刑務所』（菊田幸一著／岩波新書）
『塀の中の懲りない面々』（安部譲二著／文春文庫）
『蜘蛛の糸・杜子春』（芥川龍之介著／新潮文庫）

逃亡者たちの家

［登場人物］

○大河原丈（殺し屋）
○堂下耕介（自殺未遂の男）
○本郷聖一（教師）
○花岡桃子（その教え子）
○金丸伝二郎（実業家）
○神宮寺（金丸の部下）
○亜樹（堂下の妻）
○今井（ホテルのボーイ）
○斎藤（シスター）
○平田敏則（弁護士）

プロローグ~殺し屋と弁護士①

雨――。

何もない舞台中央に椅子が二脚、向かい合って置かれている。

薄暗い室内。

ここは、とある拘置所の接見室。

スーツにネクタイ姿の若い男――弁護士の平田敏則が片方の椅子に座って書類に目を通している。

と、鉄のドアが開く音がして一人の男が入って来る。

黒いシャツを着た男――大河原丈。彼は片手を包帯で吊っている。

二人の間には「架空の仕切り」がある体。

平田　おはようございます。
大河原　よオ。（と軽く手を上げる）
平田　眠れましたか。
大河原　ああ、ぐっすり。
平田　そりゃよかった。ハハ。
大河原　コンくらいのことで眠れなくなるほど、神経細かくないもんでね。
平田　（苦笑）

大河原　雨ンなか大変だね、あんたも。
平田　仕事ですから。（書類をめくり）わかってるとは思いますが、公判は来週の火曜日です。
大河原　へへへへ。
平田　何ですか。
大河原　だんだんサマになってきたと思ってさ。
平田　……。
大河原　ま、金のゴダゴダ専門のあんたが突然、殺人未遂の悪党相手にしてビビんのはわかるけど、初日に比べりゃ断然、弁護士らしくなってきた。
平田　からかわないでくださいッ。
大河原　気楽にやってくれよ。どうせ〝負け筋〟の裁判なんだからさ。
平田　……。
大河原　何ごとも経験だよ。それにオレみてえなヤツ弁護すりゃあ、あんたも事務所の先輩弁護士センセーたちに少しは偉そうな口、叩けるんじゃねえのか。ハハハハ。
平田　調書、何度も読み返しました。
大河原　ほう――で？
平田　話してください。
大河原　何を。
平田　あの日、あのホテルで何があったのかを。
大河原　そこに書いてある通りだよ。
平田　あなたが狙撃に失敗したのはわかりました。問題はなぜ失敗したかです。
大河原　どーでもいいだろう、そんなこと。

平田　よくないですッ。その理由によっては情状酌量《じょうじょうしゃくりょう》の余地だってあるかもしれないんですから。
大河原　情状酌量ねえ。
平田　第一、あなたの前科から考えてもおかしいじゃないですか。
大河原　……。
平田　（書類を示し）いや、正しくは証拠不十分で起訴されてませんから前科じゃありませんけど——疑いのある事件は全部で五件。検察側は、この逮捕を機にあなたの余罪を追及する方針です。
大河原　（いい加減に）そりゃ参ったな。
平田　今、ここで余罪を追及する気はありません。けれど、少なくとも今まであなたはどんな事件においても尻尾を出していない。つまり、あなたはそれだけ有能な——殺し屋《アレ》だったってことでしょう。
大河原　だから何だ。
平田　だから——だから理由を知りたいんです。
大河原　……。
平田　なぜあなたみたいな腕のいい殺し屋《アレ》が、あの狙撃にしくじったかを。
大河原　あの馬鹿に聞きゃあいいじゃねえか。
平田　馬鹿？
大河原　オレといっしょに逮捕されたあの馬鹿だよ。あいつならベラベラくっちゃべってくれるんじゃねえのか。
平田　話さないらしいんです。
大河原　何？
平田　事情聴取は一応してるんですけど、「あの人はそんなに悪い人じゃない」——これ一点張りで、担当の刑事も手を焼いてるみたいです。
大河原　……。
平田　だからあなたの口から聞かせてください。あなたがホテルの屋上で引き金を引かなかったその訳を。
大河原　……。

雨──。

大河原　よく降るなあ。
平田　大河原さん。
大河原　あんた、離婚調停もやんのか。
平田　え？
大河原　離婚調停。
平田　やりますよ。専門はそっちですから。
大河原　ふーん。
平田　何ですか。離婚する相手がいるんですか。
大河原　オレじゃねえよ。
平田　じゃあ──。
大河原　先生。
平田　ハイ。
大河原　ダメ男って知ってるか。

平田　ダメ男？
大河原　ああ。
平田　どーいう（ことでしょうか）――。
大河原　ハハハハ。

と笑い出す大河原。

大河原　世の中にはほんと馬鹿はいるもんだ。
平田　？
大河原　あの馬鹿が言わないなら仕方ねえ。――教えてやるよ。
平田　え？
大河原　あの日、何があったかを。

大河原、その場を去る。

平田　（見送って）……。（客席に）国選弁護人としてわたしが担当した被疑者が問われている罪は殺人未遂。とある裁判に証人として出廷する人物を殺害しようとして失敗し、逮捕されたのだ。殺人を依頼した主は未だ不明。けれど、検察の追及はそのうちすぐに依頼主に及ぶだろう。しかし、今のところわたしの興味は別のところにあった。この男はなぜ証人の暗殺に失敗したのか？　事件が起きたあの日、この男にいったい何があったのか？　ここに通うようになって一八日目。男はようやく重い口を開いてくれたのだった。

平田、椅子を片づけて去る。

①〜最悪の出会い

教会の鐘の音が聞こえて来てる。
明かりが入るとホテルの一室。
ボーイの今井が大きなスーツケースを持って入って来る。

今井　こちらです。

続いて、サングラスにラフなスーツ姿の大河原。

今井　ここ、小さな町でしょ。観光地があるわけじゃなし。まともなホテルって言ったらウチくらいなもんですよ。

今井、架空のカーテンを開ける。
大河原、窓から外を見る。

今井　それにしてもラッキーでしたよね。

大河原　うん？

今井　この部屋予約してた人、ホントだったら今朝着くはずだったんですけど、突然キャンセルですよ。何か事故に遭ったみたいで。そしたら、その連絡が入ってすぐお客さんから電話あったんです。すごい運がいいですよ、ホント。
大河原　……そう。
今井　結婚式と裁判のある日は、ここは特等席ですよ。ホラ、よく見えるでしょ。
大河原　（にっこりと）最高だね。
今井　もっとも、こっちは大きな裁判と結婚式が重なるともう忙しくて。あ、こっちが寝室です。
大河原　最上階だよね、ここは。
今井　七階です。
大河原　非常階段は？
今井　廊下の突き当たりに。
大河原　そう。
今井　あ、これ、寝室にお運びしますか。（とスーツケースを持つ）
大河原　いや、いい。もういいよ。
今井　ハイ。じゃ、何かあったらフロントまで連絡してください。あ、わたしはこの階担当の（と胸のプレートを示し）今井です。新人なんでいろいろ不手際もあると思いますが、よろしくお願いしますッ。
大河原　ご苦労様。
今井　（行きかけて止まる）あ、一つ余計なことですけど。……別にいいか。関係ないですもんね。
大河原　何？
今井　大したことじゃないんですけど。

大河原　ああ。
今井　隣りの707号のお客さん、ちょっとヘンですから、廊下で会っても知らん顔してた方がいいですよ。
大河原　ヘンって？
今井　部屋に閉じ籠りっきりなんですよ、この二日間。話しかけても何か空返事《からへんじ》ばっかりして。ま、大丈夫だとは思うんですけど。あ、すいません、余計なこと言って。
大河原　いや。
今井　あ、僕がこんなこと言ったなんて誰にも言わないでくださいよ。じゃ、ごゆっくりどうぞ。失礼しまーすッ。

今井、去る。
大河原、窓を開ける。
町の雑踏音が部屋に雪崩《なだ》れ込んでくる。
窓から裁判所を見る大河原。

大河原　（獲物を狙う狼の目で）……。

と、そこへ平田が書類を手に出てくる。

平田　ハハハハ。
大河原　何だ。

平田　獲物を狙う狼の目してましたね。
大河原　してねえよ。
平田　いや、してましたッ。
大河原　いいじゃねえかよ、獲物を狙う狼の目したって。実際狙ってるんだから。
平田　ふーん。
大河原　何がふーんだよ。
平田　この窓から裁判所と教会が見える。
大河原　ああ。
平田　このスーツ・ケースのなかにライフルが。
大河原　そうだよ。
平田　ちょっといいですか。

とスーツケースを開けようとする平田。

大河原　（それを止めて）勝手に触るなッ。
平田　……ケチ。

と、隣りの部屋の窓づたいに堂下が出てくる。
堂下、大河原と目が合う。

堂下　どうも。

堂下、部屋の前を通過するが行き止まり。また戻って来る。

大河原　……。

堂下　たびたびどうも。

平田　これがあなたといっしょに逮捕された（書類を見て）堂下さん。

大河原　そういうことだ。

平田　こんなトコで何してたんですか。

大河原　見てればわかる。

堂下　（鼻息が荒い）

大河原　（堂下に）……おいッ。

堂下　止めないでくれッ。もうこうするしかオレに残された道はないんだ！

大河原　止めやしない。ただ、できれば自分の部屋に戻ってやってくれ。

堂下　ダメだッ。

大河原　なんで？

堂下　オレの部屋の窓の下にはプールがあるんだ！　だからこっちじゃないとダメなんだ！

大河原　いいか、よく聞け。死ぬのは勝手だ。だが、ここじゃないどこかで静かにやってくれ。何なら手伝ってやってもいい。

堂下　嫌だーッ。ここから飛び下りるんだッ、オレは！

大河原　（閉口して）……。

平田　（それを見ている）

と今井が大河原の部屋に入ってくる。

今井　すいません、キーをお渡しするの――。

今井、窓の外の男に気づく。

今井　何ですか、あれ。
大河原　何に見える？
今井　さあ。
大河原　隣りの馬鹿野郎だ。
今井　へえ。……えッ？　あーッ！
堂下　来るなーッ！　来ると飛び下りるぞーッ！
大河原　大きな声を出すんじゃねえッ。
今井　ややややっぱり！　なんかおかしいと思ったんだッ。
堂下　来るなーッ！　来ると飛び下りるぞーッ！
今井　お客様、馬鹿な、馬鹿な真似はやめてください！　あーどーしよう！
大河原　オタオタするな！

今井、出ていこうとする。

大河原　どこに行くッ。

今井　ででで電話ですよ、電話ッ――警察にッ。
大河原　……まあ、待てッ。
今井　しししかし、このままじゃ――。
大河原　いいからッ。
今井　ででででも！
大河原　いいから任せろッ。
今井　……。

大河原、堂下に近づく。

大河原　煙草どうだ？（と出す）
堂下　禁煙してる。
大河原　そうか。でも、死ぬんだろう。だったらこの世で最後の一服だろう。
堂下　まあ。
大河原　（差し出す）
堂下　……やっぱりいい。
大河原　そう言うな。ホラ――。
堂下　（受け取る）
大河原　（ライターで火をつけてやろうとする）
堂下　（大河原に近づく）
大河原　（堂下の腕を掴む）

堂下　はははは放せーッ！

堂下、落ちそうになる。

今井　あーッ！

大河原、堂下を部屋のなかに引き摺り込む。
倒れ込む堂下、すぐに起き上がる。
大河原、堂下を殴る。
堂下、倒れる。

大河原　ッたく世話かけやがって。
堂下　……くそーッ！（と泣く）

今井、あわてて出て行こうとする。

大河原　どこに行く？
今井　でで電話です。警察に来てもらわないと――。
大河原　まあ待てッ。
今井　でも――。
大河原　いいか。そんなに大袈裟にしなくてもいいだろう。

今井　しししかし。
大河原　こっから飛び下りたならともかく、こいつはここにこうして生きてる。
今井　でも。
大河原　それに考えてみろ。まずいだろう、ホテルにしたって、自殺騒ぎなんかがあったことが公《おおやけ》になるのは。
今井　そりゃそうですけど。
大河原　ここはオレに任せてくれないかな。（と札を一枚握らせる）
今井　……しかしですよ。
大河原　頼むよ。（とさらに一枚）
今井　……どうしようかな。
大河原　結構しっかりしてるな、今井くん。（とさらに一枚）
今井　お客さんがそう言うなら。
大河原　すまんな。
今井　（堂下に）二度とこんな真似しないでくださいよ。
堂下　……。
今井　じゃ、後はよろしく。
大河原　ご苦労様。

今井、行きかけて止まる。

今井　あ――。

大河原　何だ。
今井　これ。

と部屋のキーを大河原に渡して心配そうに去る今井。

②〜堂下の事情

しばし無言の二人。
平田はそれを近くで見ている。

大河原　落ち着いたか?
堂下　（うなずく）

堂下、ぼんやりと立つ。

堂下　いろいろ——。

と出て行こうとする。

大河原　ちょっと待て。
堂下　（止まる）
大河原　どこに行く?
堂下　自分の部屋に。

大河原　それで？
堂下　大丈夫です。もう二度と馬鹿な真似は。ハハ。
大河原　……。
堂下　そんな心配しないでください。もう大丈夫です。どうかしてたんです。大丈夫です、僕は。ハハ。ほんとに大丈夫。死ぬなんてもう二度と。すいません、馬鹿でした馬鹿馬鹿馬鹿ッ。ハハハハ。
大河原　ハハハハ。
堂下　うおーん。（と泣く）
大河原　まあ、座れ。

と、椅子を用意する大河原。
それに座る堂下。

大河原　どんな事情があるかは知らん。けど、今日、ここで死ぬのは止めてくれ。
堂下　……。
大河原　いろいろ辛いこともあるだろうが、死んじゃダメだ。
平田　いけしゃあしゃあと。
大河原　（平田を見る）
平田　失礼。
堂下　オレ、仕事も長く続かないし、女房にも逃げられて、もうどうしたらいいかわかんなくって——。
大河原　そうか。大変だったな。けど、頑張って生きるんだ。生きてればいいことだってきっとある。

堂下、大河原の手を握る。

大河原　何だ。
堂下　ありがとうッ。
大河原　やめろ、そんな——。
堂下　なんて親切ないい人なんだ、あんた。
大河原　いいんだ。人として当然のことをしているだけなんだから。
堂下　オレ、堂下と言います。
大河原　どうした？
堂下　堂下耕介。
大河原　そうか。頑張れ、堂下！
堂下　ハハハハ。
大河原　ハハハハハ。
堂下　何か少し元気が出てきた。
大河原　そりゃよかった。
堂下　よかったら名前聞かせてください。
大河原　……大河原。
堂下　大河原さん。
大河原　ああ。
堂下　大河原さんはここで何を。
大河原　ちょっとな。

堂下　仕事ですか。
大河原　ああ。
堂下　そうですか。
大河原　さ、元気が出たところで、もういいかな。
堂下　……。
大河原　どした？
堂下　大河原さん。
大河原　何だ。
堂下　あなたを見込んでひとつ頼みが。
大河原　頼み？
堂下　助けてもらった上にこんなことお願いするの、アレですけど。
大河原　ああ——。
堂下　オレといっしょに来てくれませんか。
大河原　いっしょに——。
堂下　女房のとこです。
大河原　ハハハハ。なんで？
堂下　あなたの口から言ってもらえませんか、オレが死のうとしたってこと。
大河原　……。
堂下　こいつが女房です、亜樹って言うんですけど。

と亜樹の写真を見せる堂下。

堂下　あいつ、今、この町で暮らしてるんです。電話しても出ないし、これから行こうと思うんです。だから、そこであなたの口からオレが命かけたってこと証言してもらえば、あいつも考え直してくれるかもしれないと思うんです。

大河原　つまり、あんたら夫婦喧嘩の仲裁をしろ、と――このオレに。

堂下　ええ。

大河原　ハハハハ。

堂下　ハハハハ。

大河原　悪いがそんな暇はないんだ。死なないと約束さえしてくれればオレはいい。

堂下　……。

大河原　いくらオレが親切な男に見えてもそこまで人は好《よ》くないぞ。

堂下　……ですよねえ。

大河原　ああ。

堂下　いくら何でもそこまではしてくれないですよねえ。

大河原　してくれないよ。

堂下　ハハハハ。

大河原　ハハハハ。

堂下　……わかりました。じゃ別の方法考えみます。どうも。

と行こうとする堂下。

大河原　ちょっと待て。

堂下　何ですか。
大河原　ちょっと気になる言い方に聞こえたんだが。
堂下　ええ。
大河原　別の方法っていうのはどういう意味だ？
堂下　どういうって——別の方法ですよ。
大河原　例えば。
堂下　わかりませんよ。けど、あなたに迷惑はかけないでアレしますから。
大河原　……。
堂下　大丈夫です。もっとひっそりとやりますから。ハハハハ。
大河原　ハハハハ。
堂下　じゃあ——。
大河原　どこにいるんだ、女房は。
堂下　え？
大河原　オレでよかったら力になるよ。

と手を差し出す大河原。

堂下　ほんとですかッ。
大河原　ああ。武士に二言はないッ。武士じゃないけど。
堂下　アハ。
大河原　アハ。

堂下　アハ。
大河原　アハ。
堂下　アハハハハ。
大河原　アハハハハハ。

と大河原に抱きつく堂下。

堂下　ありがとう！　やっぱりあなたいい人だッ。
大河原　しかし、一つ約束してくれ。
堂下　何ですか。
大河原　行って証言したらそれで終わりだ。二度とオレにつきまとうな。
堂下　……。
大河原　いいな？
堂下　（うなずく）
大河原　……。
堂下　行きましょう！

堂下、その場を去る。

大河原　どう思う。
平田　最悪ですね。

大河原　だろ？
平田　ええ。
大河原　しかし――これは序の口だったんだ。

大河原、椅子を片づけて出ていく。
それに続く平田。

③〜駆け落ち

女の「放して、放してってば！」という声がして、コスプレ衣装（例えばメイド）を着た若い女——花岡桃子が出てくる。

ホテル前のミッション・スクール内の教会の新婦控え室。

続いてスーツを着た背の高い男——神宮寺。

桃子　そんなに強く引っ張ったら痛いでしょ。
神宮寺　どこへ行こうとしてたんですか。
桃子　ちょっと散歩に行こうとしただけじゃない。
神宮寺　その恰好でですか。
桃子　いいじゃない、別に。
神宮寺　桃子さん、今さらそれはないんじゃないですか。
桃子　……。
神宮寺　いい人じゃないですか。確かに見ようによっては気持ち悪いのはわたしも認めます。しかし、こと女に関してはやさしくって、誠実で、あんなにマメな人も滅多にいませんよ。
桃子　ただのロリコンじゃないの。
神宮寺　じゃあ聞きますがね、ただのロリコンとなんで付き合ってたんですか。

桃子　……。
神宮寺　こう言っちゃナンですが、贅沢させてもらって楽しんだんじゃないですか。
桃子　……。
神宮寺　借金まみれのあなたの家族を救ったのは誰ですか。社長でしょう。社長がいたからこそ、あなたの家族は首も括《くく》らず済んだんでしょう。
桃子　……。
神宮寺　それだけじゃありません。真珠のネックレス、誕生日にもらってあんなに喜んでたのは誰ですか。クルマがほしいと言えばパッと買ってくれたでしょう。それ乗って時速二〇〇キロ出したってキャッキャッうれしそうに聞かせてくれたのは誰ですか。どれもこれも社長が桃子さんの笑顔を見たい一心でしたことでしょう。そんな恩を忘れて——。
桃子　ええ、確かにそうよ！　あたしは、あの人の世話になったわ。でも、だからってなんで二十も年齢《とし》の離れたあの人と結婚しなきゃならないの。
神宮寺　想像してなかったとは言わせませんよ。
桃子　……。
神宮寺　ま、こんなに急に結婚ってことになるとは思ってなかったでしょうが。
桃子　……。
神宮寺　もっとも、その種を撒いたのはあなた自身ですが。
桃子　何言ってるの。
神宮寺　トボけたってダメですよ。社長はみんなお見通しなんだから。
桃子　……。
神宮寺　桃子さん、もういい加減あきらめたらどうですか。

桃子　……。
神宮寺　あの男とはもうケリはついてんですから。
桃子　どうせ脅かして言わせたんでしょ、わかってんだから。
神宮寺　どう思おうと勝手ですが、現に先生はあなたの前に現れないでしょ。
桃子　……。
神宮寺　それによーく考えてみてください。あんな貧乏教師といっしょになってもいいことなんか何一つありませんよ。
桃子　貧乏でも——愛はあるわ。
神宮寺　愛だけで満足できる女ですか、あなたが。
桃子　……。
神宮寺　今は熱に浮かされてるだけです。すぐに熱は冷めますよ。
桃子　……。
神宮寺　もうすぐ式が始まります。お願いですから、この期《ご》に及んでわたしに手荒な真似をさせるようなことはしないでください。お願いします。
桃子　……。
神宮寺　早く見たいですよ。
桃子　何を。
神宮寺　あなたと社長の赤ちゃんを。

神宮寺、去る。
桃子は「あかんべーッ」をしてを見送る。

桃子、頭につけていたベールを毟《むし》り取り、その場に叩きつける。
と反対側から奇怪な仮面をかぶった一人の男が入ってくる。

桃子　キャーッ！　誰？
本郷　しッ。

男、仮面を取る。桃子の担任教師の本郷聖一。

桃子　先生ッ！
本郷　（うなずく）
桃子　もー馬鹿馬鹿馬鹿ッ。

と本郷に抱きつく桃子。

桃子　どこに、どこに行ってたのよッ！
本郷　悪かった。
桃子　悪かったじゃないわよッ。もう、馬鹿ッ。
本郷　（それをひき離して）それより桃ちゃん、話があるんだ。
桃子　あたしがどんな気持ちで今日まで過ごしたか――あたしどんなに先生に会いたかったか――。
本郷　桃ちゃん、落ち着いてッ。時間もそんなにない――とても大事な話だからよく聞いてくれ。
桃子　……。

本郷　でも、本題に入る前にひとつ。
桃子　何？
本郷　これから結婚式に出る花嫁さんがなんでそんな格好を。
桃子　アイツの趣味なの。あたしは嫌だって言ったんだけど。
本郷　なるほど。でも似合うよ、とても。
桃子　ありがとッ。
本郷　……君と会わなくなってからずいぶん悩んだよ。
桃子　何を。
本郷　このままでホントにいいのかって。
桃子　先生——。
本郷　黙って最後まで聞いてくれ。
桃子　……。
本郷　僕と君は教師と教え子だ。
桃子　……。
本郷　僕らの学校じゃそういう恋愛は決してあってはならないことだ。
桃子　……。
本郷　だから君といっしょになれば、当然、多くの犠牲を払うことになる。
桃子　……。
本郷　僕の出した結論は「黙って身を引く」ということだった。それが大人の選択だろう、と。
桃子　けど。
本郷　黙って聞いてくれッ。

桃子　……。
本郷　だから僕は学校は辞めて、君の前から姿を消そうとした。あの男――いや君の婚約者にも約束した――もう二度と君には会わない、と。
桃子　嫌よ、あたしは――そんなの絶対ッ。
本郷　最後まで聞けッ。この後が重要なんだ。
桃子　ごめんなさい。
本郷　けれど――。
桃子　けれど？
本郷　君があの男と結婚すると決まった今、僕は自分でもびっくりする行動を取っている。

本郷、懐から切符を二枚出す。

桃子　何、それ。
本郷　この町から君といっしょに逃げるために買った切符だ。
桃子　先生――。（と近づく）
本郷　待ってッ。
桃子　……。
本郷　この切符を取るということがどういうことかよく考えてから取りなさい。
桃子　……。
本郷　この切符を手に取った瞬間、僕らは親も兄弟も友人も――大切なもの全部をなくす。この切符を手に取った瞬間、僕と君は世界を敵に回すんだ。

桃子　……。
本郷　それでもこの切符が必要なら、この一枚を君にやる。
桃子　……。
本郷　どうだ、それでもこの切符を取るか。
桃子　……。
本郷　君がこの切符を取らないなら、僕はこの場から消えて君の前には二度と現れない。

動かない桃子。
そして、本郷に背を向ける。

本郷　わかった――さよならだ。

と行こうとする本郷。

桃子　馬鹿ッ。

桃子、本郷に近づき、切符を一枚取る。

桃子　今のは罰――あたしをずっと一人ぼっちにした。
本郷　桃ちゃん。
桃子　覚悟はできてるわ。

本郷、桃子の手を取る。

桃子　これで世界が敵ね。

本郷　……行こう。

本郷と桃子、手を取り合って去る。

④〜不在の家

ホテルからさほど遠くない亜樹の部屋。
ドアをノックする音が聞こえる。

堂下の声　亜樹、オレだ。いるんだろう。開けてくれ。会いたくないって言うのはわかる。でも、もう一度だけオレの話を聞いてくれ。亜樹ッ！（とノック）
大河原の声　無駄足だったようだな。
堂下の声　亜樹！　いるんだろう。開けろ！　開けろ！　テメエ、なんで開けねえんだよッ！　くそーッ！（とドアをガンガン蹴る）
大河原の声　やめろッ。近所迷惑だ。
堂下の声　（ハアハア言っている）
大河原の声　ちょっとどけ。

カチリという音がしてドアが開く。

大河原の声　開いたぞ。

大河原、堂下をなかへ押し込む。

堂下　凄いッ。なんでそんなに簡単に——。

ナイフを手にした大河原がそれに続く。

大河原　鍵屋をな、ちょっと。
堂下　そうなんですか。
大河原　（鼻をくんくんさせる）
堂下　何ですか。
大河原　何か臭うぞ。
堂下　え？
大河原　浴室で腐乱死体になってるなんてことはねえよな。
堂下　そんなッ。亜樹、ホントにいないのかッ。亜樹、亜樹ッ。

堂下、別の部屋を探す体で去る。

堂下の声　亜樹ッ、亜樹ッ。

と平田が「お邪魔します」と言って出てくる。

平田　ここが堂下さんの奥さんの部屋。
大河原　ああ。

平田、部屋に上がる。

堂下　わーッ。（と言って飛び出して来る）
大河原　どした。
堂下　生ごみが腐ってる。
大河原　……もういい。行こう。
堂下　待ってくれッ。
大河原　何だ。
堂下　しばらくここにいてくれ。
大河原　悪いがそんな暇はねえんだ。
堂下　そんなに急ぐことないだろう。鍵開けてまで忍び込んだんだ。そんな急いで帰らなくったって――。
大河原　お目当ての女がいねえのにいたって仕方ないだろう。
堂下　帰ってくるかもしれないだろう。お茶でも入れるよ。上がってくれ。
大河原　（溜め息）……。
堂下　ほら、早く早くッ。

堂下、お茶を出すために台所に去る。

平田　上がらないんですか。
大河原　ここでいい。
堂下　オオーッ。

と驚嘆して出てくる堂下。
手には二本の歯ブラシ。

大河原　今度は何だ。

堂下、二本の歯ブラシを掲げる。

堂下　二本ッ二本ッ二ッ本二本ッ。赤と青ッ赤と青ッ赤と青ッ。
大河原　今時、珍しかないだろう、人妻に男がいたって。
堂下　（泣いて）くそーッ。

とその場に歯ブラシを叩きつけて堂下、再び去る。

大河原　ッたく。

大河原、歯ブラシを拾う。

平田　（苦笑）
大河原　何だ。
平田　いや、あなたも人がいいなって思いまして。
大河原　どういう意味だ。
平田　こんなところまでいっしょに来て――。
大河原　仕方ねえだろう、成り行き上。
平田　ま、そうかもしれませんが。
大河原　それに――。
平田　何ですか。
大河原　ホテルじゃなくここで勝手に死んでくれりゃあ助かるしな。
平田　……。

堂下、泣きそうな顔をして出てくる。

大河原　お次は何だ。
堂下　これこれこれこれこれ――。

と、用紙（離婚届け）を差し出す。

大河原　（受け取って）……。
平田　（それを覗き込み）離婚届け。

大河原　ああ。
平田　ハハハハ。
大河原　何だ。
平田　やっとわたしの専門らしくなってきた。

堂下、へなへなとその場に座り込む。

大河原　忠告しよう。
堂下　(見る)
大河原　別れちまえ。
堂下　……。
大河原　どんな女なのかは知らないが、いいじゃねえか。
堂下　……。
大河原　たいした女じゃねえよ。
堂下　嫌だッ。絶対、別れないッ。

堂下、離婚届けを大河原から奪い取り、破く。

大河原　そうか……なら、死ね。
堂下　え？
大河原　ここでお前が死ねば、そのアバズレへの最高の嫌がらせだ。

堂下　……。
大河原　ここじゃ飛び下りはできないが、紐で首を括るか、手首を切るか——そのくらいが順当なやり方だろう。（指さして）あそこの梁《はり》からズボンのベルトでぶら下がれば文句なしだ。
堂下　……。
堂下　ずいぶんじゃないかッ。
大河原　何？
堂下　ホテルじゃ「生きてりゃいいことある」とか「力になる」とか言ってたくせにッ。
大河原　気が変わったんだ、あんたに事情を聞いて。
堂下　……。
大河原　ギャンブル、暴力、セックスレス。
堂下　……。
大河原　そりゃ別れたくもなるわ、そんな男といっしょになりゃ。
堂下　……。
大河原　その上、女房も女房だ。今頃は新しい男とよろしくやってるぜ、きっと。
堂下　……。

大河原、歯ブラシを堂下に放り投げる。

大河原　力になれなくて残念だよ。
堂下　……。

大河原、去る。
平田、堂下が気になるがいっしょに去る。
舞台に一人残る堂下。
歯ブラシを拾う。
二本の歯ブラシを合わせてみる。
亜樹と男のキスのイメージ。

堂下　ゆゆゆゆゆ許せん！

と、奥の部屋へ去る。

⑤〜金丸

本郷が神宮寺に連れられて来る。
続いて桃子。
神宮寺、本郷を押し倒す。
さきほどの新婦控え室。
神宮寺、倒れた本郷の腹を何度も蹴る。

桃子　（出てきて）やめて！　もう止めてッ！　お願いッ！
神宮寺　……。
桃子　（駆け寄り）先生ッ、しっかりして！
本郷　（咳き込む）
桃子　チクショー！

と神宮寺に殴りかかる桃子。

桃子　バカバカバカ！

神宮寺、桃子を突き飛ばす。

神宮寺　いい気になるんじゃねえぞ。

とそこへド派手な格好をした中年男——金丸伝二郎が入って来る。

金丸　……。

と突然、神宮寺を殴る金丸。

金丸　桃子に手を出すな。
神宮寺　すいません。
金丸　大丈夫か。（と手を貸す）
桃子　あんたに手なんか貸してほしくないわッ。こんな、こんなひどいことさせて！
金丸　まあ、そう言うな。
桃子　……。
金丸　キレイだよ、桃子。この世のもんとは思えない美しさだ。
桃子　……。
金丸　君の学んだ学校の教会で、このコスチュームで式を挙げるのが夢だった。
桃子　……。
金丸　それが今まさに実現しようとしている。うれしいしいよ、わたしはッ。

神宮寺　よくお似合いです。
金丸　桃子、頼むからわたしを悲しませないでおくれ。
桃子　御免なさい、伝ちゃん。あたし、伝ちゃんにはすごく感謝してます。でも、あたし、もうお金だけの生活に耐えられないの。貧乏でもいい。愛のある暮しがしてみたいの。
金丸　わたしに愛はなかった、と？
桃子　もちろん、あったわ――伝ちゃんには伝ちゃんの愛が。でも、愛っていうのは一人よがりなもんじゃなくて、二人でいっしょに育むもんだってわかったの。
金丸　その先生に出会ってか？
桃子　そうよ。

金丸、桃子の衣装を直してやったりする。

金丸　ところで、アメリカ映画に『卒業』というのがあるのを知ってるか。
桃子　何？
金丸　『卒業』だ――ザ・グラジュエイト。
桃子　知らないわ。
金丸　結婚式場から若い男が花嫁を奪い去る映画だ。その映画のラストシーンは有名でな。（神宮寺に）知ってるか。
神宮寺　申し訳ありません。自分は、東映Ｖシネマ専門です。
金丸　そうか。
桃子　それが何よ。

金丸　……。

　と、倒れていた本郷が口を開く。

本郷　教会から逃げ出した若い二人は通りかかったバスに乗る。
金丸　(見る)
本郷　追っ手は来ない。そして、二人はにっこり微笑み合うんです。
金丸　そうです。よくご存じですね。しかし、そのバスに乗っていたのは、どれもこれも老い先短い老人たちだ。これが何を暗示しているか、先生はご存じですか。
本郷　……。
金丸　あれは、手に手を取って結婚式場から逃げ出したはいいが、結局、若い二人の将来には何もないということらしいですよ。
桃子　……。
本郷　映画は映画です。
金丸　……本郷さんでしたよね。
本郷　(うなずく)
金丸　以前にした約束をお忘れじゃないですよね。
本郷　……。
金丸　お恥ずかしい話だが、わたしはね、こいつと知り合って人生に張り合いができた。確かに年齢《とし》は親子ほど違うが、こいつの笑顔を見ると生きる希望が沸いてくる。そう言ったわたしのことを覚えてらっしゃいますか。

本郷　覚えてます。
金丸　（突然）覚えててこんなとこで何ウロウロしてんだッ！
本郷　……。

神宮寺は一度、その場を離れる。

金丸　失礼。で、どうなさるつもりです、こいつといっしょに逃げて。
本郷　……。
桃子　言ってやってよ、先生ッ。
本郷　どこか遠い町に行っていっしょに暮らします。
金丸　ミッション・スクールの教師の職を捨て世俗にまみれて生きる、と。
本郷　校則に背きこんなことしてるんです。覚悟はできてます。
金丸　失礼だが、あなた、この女が養えると本気でお思いですか。
本郷　贅沢をせず質素に暮らせば――。
金丸　（笑って）質素ですか。
桃子　やってみせるわ。この人といっしょに。
金丸　……。

神宮寺、戻って来る。

神宮寺　社長。

金丸　うん？
神宮寺　リハーサルの準備が整いました。
金丸　ああ。
桃子　お願い、伝ちゃん、あたしたちを自由にさせてッ。

金丸、神宮寺に何やら耳打ち。

神宮寺　（うなずく）
金丸　桃子、イエス様の前で会おう。

金丸、その場を去る。

神宮寺　（本郷に）立てッ。
本郷　どこ行くんですか。
神宮寺　（腕を取って）いいから来い！
桃子　もう乱暴はやめて！　お願いだから。
神宮寺　乱暴なんてしませんよ。
本郷　痛ててッ。
桃子　してるじゃないの。
神宮寺　あなたもいっしょです。

神宮寺に連れられて本郷、去る。
桃子もそれを追いかけて去る。

＊

シスター斎藤がゆっくりと出てくる。
教会の礼拝所。
シスター、イエス像に祈りを捧げる。
と反対側から金丸が出てくる。

金丸 シスター！
斎藤 ？
金丸 僕ですよ、金丸伝二郎です。
斎藤 ……。
金丸 （大声で）金丸ですッ。金丸伝二郎ッ。
斎藤 セバスチャン？
金丸 ええ。
斎藤 （感激して金丸を抱擁し）見違えましたよッ。
金丸 お元気そうですね。
斎藤 主のお陰です。それより聞きましたよ。
金丸 はあ。
斎藤 これであなたもやっと一人前ね。
金丸 はいッ。

斎藤　その格好で式を。
金丸　ハイッ。銀河を守る正義の戦士ってイメージなんですけど。
斎藤　とてもよくお似合いよ。
金丸　ホントですか。
斎藤　いい年こいてそういう格好ができるあなたが羨ましいわ。
金丸　ありがとうございますッ。
斎藤　お天気もよくてよかったわ。夕方からは雨らしいけれど。
金丸　はあ。
斎藤　花嫁さんは？
金丸　控え室に。
斎藤　そうですか。後でお目にかかれるといいんですが。
金丸　是非ッ。
斎藤　ええ。けれど、ちょっと今日は野暮用がありまして。
金丸　そうですか。
斎藤　けれど、少しだけなら大丈夫だと思います。
金丸　お待ちしてますッ。
斎藤　ありがとう。
金丸　それでは、シスター。これからリハーサルがあるんで。
斎藤　リハーサル？
金丸　余興でちょっとした芝居を。
斎藤　だからですね。

金丸　は？
斎藤　こんな（奇怪な）仮面をつけた若い子がいっぱいあっちで――もうびっくりしたわ。
金丸　ハハハハ。そいつらにさらわれた花嫁をわたくしが奪い返すという筋書きで。
斎藤　ほどほどになさい。いくら献金してくれたのかは知りませんけど。
金丸　金の話はしないでください。では、これで。

金丸、その場を去る。

斎藤　（暖かく）正気の沙汰とは思えないわねえ。

シスター斎藤、見送ってから去る。

⑥〜捨てる神、拾う神

大河原、足早に出て来る。
続いて平田。
ホテル近くの駐車場。

平田　ちょっと待ってくださいッ。
大河原　（止まる）
平田　いいんですか、ホントに。
大河原　何が。
平田　堂下さん一人にして。
大河原　いいんだよ。
平田　しかし――。

と、そこへ血塗れの本郷が出て来る。

平田　わーッ何だ何だ何だ何だッ。

本郷、倒れる。

大河原　……。
本郷　どこのどなたか知りませんが……助けて……助けてください。
平田　いったいこれは――。

大河原、本郷を抱き起こす。

本郷　（痛くて）おおおおッ！
大河原　打撲だ。死にはしない。
本郷　……。
大河原　腕は平気だな？
本郷　（うなずく）
大河原　よし。じゃ、あそこまで這ってけ。そしたら人目につく。
本郷　え？
大河原　あいにく急いでるんだ。お大事に。

大河原、スタスタと去る。

平田　ちょちょちょっとッ。誰なんですか、この人はッ。
本郷　ぐぐぐ……。

本郷、匍匐《ほふく》前進する。途中で気絶する。

平田　大丈夫ですか。

平田、助けたいが手は出せない。
と、堂下が出て来る。

堂下　（気づいて本郷に駆け寄り）どうしたんだ⁉　おい、しっかりしろ！
本郷　（気を失っている）
堂下　（顔をペンペンと叩く）
本郷　……うう｜ん。
堂下　おい、しっかりしろ。
本郷　助けて……助けて……。
堂下　わかった。立てるか？
本郷　（立とうとする）
堂下　（肩を貸す）さ――。

堂下、本郷を連れて去る。
それを追う平田。

⑦～鐘楼《しょうろう》の女

ホテルの大河原の部屋。
大河原が戻って来る。

大河原　（ホッと一息）

続いて平田がやって来る。

平田　誰なんですか、今の――。
大河原　（窓の外を示し）その学校の先生だ。
平田　セントポール女学院の。
大河原　ああ。
平田　（書類をめくって）そんな人、調書に出てきませんよ。
大河原　だからこうして話してるんじゃねえか。

とボーイの今井が「失礼します」と言ってやって来る。

今井　困るじゃないですか、お客さんッ。
大河原　何だ。
今井　何だじゃないですよッ——オレに任せろとか言っといてッ。
大河原　何のことだ。
今井　（ドアの外に）入ってくださいッ。

堂下、本郷とともに入って来る。
平田はそんな様子を舞台の隅から見ている。

大河原　……。
今井　見てくださいッ。この人、死ぬのに事欠いて、事もあろうに先生を——このままほっとくと、次は何しでかすかわかったもんじゃないですよ。
堂下　だから違うって言ってんだろう。
今井　黙っててくださいッ。（大河原に）とにかく、ホテルとしてはトラブルは勘弁してほしいんです。
大河原　で、オレにどーしろと。
今井　いや、一応、あなたに任せたわけですから、警察に報告する前に言っといた方がいいと思って。
大河原　……。
今井　馴染みの警官が来てるんです、そこの裁判所に。呼んできますからこの人、ちゃんと見ててください。

と行こうとする今井。

大河原　（止める）

今井　何するんですか。

大河原　これはこいつの仕業じゃない。

今井　え？

大河原　こいつにはアリバイがある。オレといっしょだったからだ。

今井　この人がアレしたんじゃないんですか。

本郷　二人は、何も関係ありません。

今井　え？

本郷　わたしは、この人（堂下）に助けてもらったんです。

大河原　ということだ。

今井　……。

大河原　だから騒ぐな。いいな？（と札を握らせる）

今井　はあ。

大河原　ご苦労さん。

今井　（行きかけて）あの。

大河原　うん？

今井　そんなに僕、騒いでますか？

大河原　ああ。並じゃない。

今井　普通、こういうときって騒ぎませんか。

大河原　騒ぐか、お前？
堂下　いや。
今井　……僕の方がヘンなのかな？
大河原　忙しいから神経が高ぶってるんだな。一度、精神科の医者に見てもらった方がいい。お大事に。

今井、握らされた札を見て、首を傾げて去る。

大河原　（時計を見て）……。
本郷　ご迷惑をかけて、すいません。
堂下　（ボーイが）先生って言ってたけど。
本郷　教師なんです――いや、正確には元教師ですけど。
堂下　先生って学校の。
本郷　ええ、そこのセントポール女学院の。
堂下　へえ。その先生がなんでこんなことに。
本郷　はあ。
堂下　よかったら聞かせてくれないかな。
大河原　聞かなくていい。
堂下　いいじゃないか。
大河原　聞くなら自分の部屋で聞け。
堂下　……。

大河原　何だ。
堂下　いったいあんたどーいう性格なんだ。親切だったり冷たくなったり。
大河原　他人《ひと》の性格なんてどーでもいいだろうが。
堂下　おかしいよ、絶対。
大河原　さ、出てってくれ。もうこれ以上オレに付きまとうな。
堂下　あーわかったよッ。まったく、いい人かと思ったらあんたとんでもない冷血漢だッ。（本郷に）
　行こう、オレの部屋、隣だから。

と本郷を連れて行こうとする堂下。
大河原、窓べに立って外を見る。
見えるのは学校の中にある教会の最上階にある鐘楼。
そこに一人の女――桃子が見える。

大河原　（それに気づいて）おい。
堂下　すぐ連れてくよッ。（本郷に）立てるか。
本郷　ありがとう。
大河原　じゃなくて――。
二人　（止まる）
大河原　つかぬことを聞くが、あんた、コスプレの知り合いがいるか。
本郷　え？
大河原　コスプレの若い女だ。

本郷　います。
大河原　そうか。
本郷　でもなんでそんなこと——。

と「カーンカーンカーン」と鐘を叩く桃子。
その音に気づいて本郷、窓べへ行く。

本郷　桃——桃ちゃんッ。

と窓を開けて手を振る本郷。

堂下　（見て）何だ、ありゃ——。
大河原　さあな。
本郷　桃ちゃんです——僕の教え子ッ。
堂下　あそこで何してんだ？

鐘を叩く桃子。

本郷　鐘を叩いてますッ。（外へ）おーい！　僕は無事だぞーッ！　おーい！
大河原　でけえ声を出すんじゃねえ！
堂下　どーいうこと、これ？

本郷　話せば長くなりますが――。
大河原　じゃ話さなくていい。
堂下　いいじゃないか。なんであんなとこに女がいるのか、あんただって知りたいだろう。
大河原　別に知りたかねえ。
堂下　（本郷に）――知りたいって。
本郷　あの娘は僕の教え子でこれから教会で式を挙げる予定の花岡桃子ちゃん。しかし、これは望んだ結婚じゃないんです。
堂下　と言うと？
本郷　彼女の夫となるのは「金丸開発」社長の金丸伝二郎。この男は、金にモノをいわせて彼女といっしょになろうとしてるんです。
堂下　それで？
本郷　僕は彼女を式場から連れ出すために教会に忍び込みました。でも、金丸の部下がいて――。
堂下　メタメタにやられた、と。
本郷　そうです。
堂下　でも、なんであんな塔の上に？
本郷　たぶん監禁されてるんです。式が始まるまで逃げられないようにって。
堂下　なるほど。
大河原　……。
本郷　今、何時ですか。
堂下　（腕時計を見て）二時四十五分。
本郷　もう時間がないッ。

堂下　何時なんだ、その、式が始まるのは？
本郷　三時四十五分。あとちょうど一時間。
堂下　だったらまだ時間はあるじゃないか。
本郷　（首を振って）拳銃を持った部下が何人もいます。とてもわたしの力だけじゃ——それに。
堂下　それに何だ。
本郷　あの塔の入り口にはこーんなに厚い鉄の扉があって、簡単には開きません。
堂下　……。

堂下、大河原を意味ありげに見る。

大河原　冗談はよせ。
堂下　この人、鍵屋なんだよ。ナイフで鍵なんかすぐ開ける。
本郷　ホントですか⁉
大河原　こっちも大事な用事があるんだ。
本郷　こんなこと言える義理じゃないってことはよくわかってます。けど力を貸してくれませんか。
大河原　いい加減にしろ！　オレはそんな茶番にかかずらってる暇はねえ。とにかく、こっから出てってくれッ。

大河原、二人を摘み出そうとする。

堂下　待ってくれ！　協力してやってくれ。

大河原　協力だと。お前、自分がさっきここで何をしようとしたか忘れたわけじゃあねえよな。
堂下　忘れてないさ。
大河原　なのに、今度は人助けか。いったいどーいう精神構造してんだよ。
堂下　……。
大河原　お前の目的は何だ？　この世とおさらばすることじゃねえのか。
堂下　おさらばするさ。
大河原　何？
堂下　おさらばするって言ったんだ。
大河原　……？
堂下　拳銃持ってるって言ったよな。
本郷　ええ。
堂下　こっちは素手だ。ハハハハ。
大河原　ハハハハ。もしかしてこういうことか、ここから飛び下りる代わりに拳銃相手に素手で戦う、と？
堂下　ああ。
大河原　……馬鹿も極まると救いようがねえ。
堂下　頼む、冷血漢。
大河原　いいか、お前が素手で銃に立ち向かうのは勝手だ。だが、なんでオレがいっしょにそんな危ねえ橋渡んなくちゃいけないんだ。
堂下　鍵を開けるんだ、あの教会の塔の！　あんたしかできないことだッ。
大河原　……。

大河原、無言で二人を摘み出そうとする。

堂下　おい、話はまだ――。

大河原　うるせえッ。

二人、大河原によって外に出される。

ドアを叩く堂下。「冷血漢、開けてくれ！」

大河原、戻って来る。

大河原　これで終わりだ――そう思った。

平田　ええ。

大河原　けれど、大きな問題が残っていることにオレはすぐに気づいた。

平田　どんな。

大河原　（窓の外を示す）

平田、窓の外を見る。

塔の上で女が手を振っている姿が見える。

平田　（考えて）……ここから狙撃すれば、あの女に丸見えだ。

大河原　その通り。

大河原、部屋のドアを開ける。

大河原　入れッ。……いいから入れッ！

堂下、本郷、入ってくる。

大河原　式の始まるのは三時四十五分って言ったな。
本郷　ええ。
大河原　てことは、それまであいつはあそこにいるってわけか。
本郷　たぶん。
大河原　……。

大河原、メモ用紙とペンを取ってきて本郷に渡す。

大河原　書けッ。
本郷　何をですか。
大河原　学校と教会の図面だ。あの塔への上り方。出入り口の位置。抜け道があるなら、その場所。
本郷　じゃあ……。
大河原　いいから早く書け！　時間がねえんだ！

本郷、図面を描く。

大河原　（覗き込む）
堂下　ねえ。
大河原　（無視）
堂下　ねえってばッ。
大河原　何だッ。
堂下　どっちなの？
大河原　何？
堂下　親切なの、冷たいの？
大河原　そんなことはどうでもいいッ。（本郷に）何書いてる？
本郷　礼拝堂です。
大河原　写生してどーすんだ！　図面だよ、図面。建物の位置関係がわかるもんがほしいんだ！
本郷　ああ――。（と書き直す）これが礼拝堂、結婚式のあるとこです。で、ここが正面、ここが裏口。
堂下　どこ、どこが裏口？
大河原　（堂下に）ウロチョロしねえでじっとしてろ！
堂下　すいませーん。
大河原　あの塔にはどうやって行く？
本郷　ここに入り口があります。
大河原　礼拝堂の南だな。
本郷　ええ。
大河原　その鉄の扉ってのはどこにある？
本郷　ここから塔に向かっての螺旋《らせん》階段があります。ここを上がり切って、ここに。この扉の向こう

に鐘が鳴る小部屋があります。それがあそこです。（と窓の方を指す）
大河原　扉の厚さは？
本郷　たぶんこの（二〇センチ）くらいは。
大河原　敵の数。
本郷　は？
大河原　奴らの数だ、社長さんの手下の。
本郷　正確にはわかりませんが、たぶん三、四人は。
堂下　ひとついいかな。
大河原　何だ。
堂下　ロープ使うってのはどうかな。ここからあっちにロープを渡して、ルパン三世みたいに。
大河原　（無視して）隣の部屋で待ってろ。
堂下　ちょっと待て。オレも行く。
大河原　悪いが特攻隊と心中する気はねえんだ。
堂下　（大河原を掴む）
大河原　放せッ。
堂下　（放さない）
大河原　おい――。
堂下　これは、これはオレが言い出したことだ。
大河原　……。
堂下　最後の仕事だ。いっしょに行くッ。

大河原、堂下を振りほどく。

大河原　ひとつ約束しろ。
堂下　ああ——。
大河原　オレの命令に従え。それができなきゃこの話はなしだ。
堂下　わかった。
本郷　僕もいっしょに——。
大河原　（本郷に）あんたは隣りで待ってろ。
本郷　しかし——。
堂下　（大河原を真似て）悪いが怪我人と心中する気はねえんだ。
大河原　……行くぞ。

大河原、堂下、去る。
部屋に一人残る本郷。
本郷、鐘楼の桃子にゼスチャーで伝える。

本郷　「僕は足が痛くて動けないが、今、ここにいた髪の長い人と背の大きいアフロ・ヘアの人がそっちに向かった。わかったか？」

鐘楼の桃子、わからない。

本郷　「今、ここにいた髪の長い人と背の大きいアフロ・ヘアの人がそっちに向かった。だから、そこで待っていてくれ」

桃子、理解し、鐘を「カンカンカン」と鳴らす。

本郷　よし！
桃子　（投げキッス）

本郷、桃子の投げキッスに応えて去る。
そして、そのまま足を引き摺って去る。
その場に残って聞いたことを記録している平田。

⑧〜平田

そこへ大河原が椅子を持って戻って来る。
片手を包帯で吊っている。

平田　どしたんですか。
大河原　ちょっと疲れた。休憩だ。
平田　（早く先を聞きたいが）……。

平田、椅子を持ってくる。
大河原と平田、椅子に座る。
と雨の音が聞こえてくる。
舞台は冒頭の拘置所になる。
大河原、首をぐるぐる回したりしている。

平田　いやあ。
大河原　何だよ。
平田　そんなことがあったんですか。

大河原　まあな。
平田　「金丸開発」の社長——わたしも知ってまして。
大河原　そうなの。
平田　事務所の先輩が一度、争ったことがあって。立ち退きをめぐって裁判だったんですけど。三年くらい前だったかな。
大河原　ほう。で？
平田　敗訴でした。もっとも、向こうは海千山千の弁護士が五人もいて。
大河原　金持ってるからな。
平田　まあ。

雨——。

大河原　平田先生。
平田　ハイ。
大河原　こっちも質問してもいかな。
平田　ええ。
大河原　なんで弁護士に？
平田　はあ。
大河原　カツカツでも「社会正義のために！」って人権野郎には見えないけど。
平田　悪かったですね。ハハ。
大河原　なんで？

平田　いいじゃないですか、そんなこと。
大河原　そう。ならこっちも話さないぜ。
平田　……。
大河原　聞かせてくれよ、あんたの物語《はなし》も。
平田　……。
大河原　聞きたいよ、オレも。
平田　……子供んとき住んでた家の近くに裁判所がありまして――いつもここでどんな人たちがどんなことしてるんだろうって空想してしまいました。
大河原　ふーん。
平田　高校生のときに、初めてそのなかへ入ったんです、一人で。びっくりしました。
大河原　何に。
平田　こんな近くにこんな地獄があったんだって。
大河原　……。
平田　初めて見た事件の被告は殺人の前科のある五〇歳の男でした。そのオヤジ、出所してたんですが、浮浪者みたいな生活してて、若いヤツにちょっかい出されて殴ったんです。それで暴行傷害で起訴されて。
大河原　……。
平田　そのオヤジ、口べたで裁判長をイライラさせるようなことばかり言っちゃうんです。傍聴席から「なんでそんなこと言うんだよッ」ってこっちがハラハラしながら見てました。
大河原　……。
平田　結局、その事件は有罪判決が出ました。けど、それを見て、何て言うか――人生に失敗して孤独に生きてるこのどーしようもないオヤジを助けてやる人間が世の中には必要だって——ちょっと格好よすぎるかもしれませんけど。ハハ。

大河原　……。

平田　とは言え、そんな志もいつかは色褪せて、現実にわたしがやってるのは溝《ドブ》さらいみたいな金のゴタゴタばっかりなんですけど。（と苦笑）

大河原　なんでだ。

平田　ハイ？

大河原　なんでオレの担当に。

平田　はあ。

大河原　志願したってわけじゃないんだろ。

平田　弁護士会から事務所にお鉢が回って来たんです。先輩たち別の訴訟で忙しくて。

大河原　金にもならんしな。

平田　まったく。ハハ。

大河原　じゃいいじゃねえか、適当で。

平田　そうはいきません。それに——。

大河原　それに何だ。

平田　ちょっと興味が出て来たんです、あなたに会って。

大河原　どんな。

平田　この男はどんな地獄を生きているのか——。

大河原　……ヘッ。

平田　僕の話はもういいでしょう。聞かせてください、あなたの物語の続きを。

大河原　もういい。
平田　よくないですよッ。
大河原　……。
平田　面会の時間も限度があります。続きをお願いします。
大河原　……どこまで話したっけ。
平田　あなたは仕方なく動き出したんです、堂下さんとともに。教会の塔に幽閉された花嫁を助けるために。

と大河原は、その場を離れる。
平田は椅子を持って去る。

⑨〜潜入

教会の礼拝堂。
大河原、出てくる。
続いて堂下。気が高ぶっているのか、空手のアクション。

堂下　アチョ、アチョ、アヒョー！

大河原、堂下をポカリと叩く。
大河原、本郷の書いた図面を見る。

大河原　あらかじめ言っとくが。
堂下　何だ。
大河原　お前が捕まっても置いてくからな。
堂下　ああ。でも、あんたが捕まったら助けにいってやるよ。
大河原　それはご親切に。
斎藤　コラーッ！
堂下　わーっ！

と驚く堂下と大河原。
二人の後ろにシスター斎藤がいる。

斎藤　何ですか、いい若いもんが腰を曲げて歩いてだらしないッ。
大河原　……。
斎藤　七十八歳になるわたしでさえ、こうして背筋はピンとしているのです。恥ずかしいとは思わないんですか。
堂下　すいません。
斎藤　とてもハンサムよ。キチンと背を伸ばして歩けばもっと素敵です。
堂下　そりゃどうも。
斎藤　礼拝ですか？
堂下　ええ、まあ。
斎藤　そちらの方は――。
大河原　……。
堂下　その、何と言うか――。
斎藤　もしかして新任の先生の。
大河原　え？
堂下　そうですッ。新任の大河原先生ですッ。
斎藤　ずいぶん早いわね。約束では明日じゃなかったかしら。
堂下　ちょっと早く着いたもので。
斎藤　そうですか。わたしはシスター斎藤。この学校の理事長をしています。

と手を差し出す斎藤。

堂下　（握手しろと合図する）

大河原　……お目にかかれて光栄です。

と握手する大河原とシスター斎藤。

斎藤　お待ちしてました。

大河原　はあ。

斎藤　（堂下に）そちらは――。

堂下　先生の――秘書をしてます堂下です。ナイス・チュー・ミーチュー。

と握手する堂下。

斎藤　お噂はかねがね。

堂下　そうですか。

斎藤　なにぶんよろしくお願いします。

大河原　こちらこそ。

堂下　（何か言え）

大河原　……すばらしい学校ですね。

斎藤　ありがとう。けれど、今日は安息日なので担当のものはいないと思いますが。
大河原　いいんです。主に祈りを捧げたいと思って立ち寄っただけですから。
斎藤　信心深いのね。
大河原　深いです。ハハハハ。
斎藤　ハハハハ。
堂下　ハハハハ。
斎藤　聞いてます。とてもお上手だって。
大河原　ハイ？

斎藤、ピアノをゼスチャアで弾く。

堂下　パソコンですか。
斎藤　違います。
堂下　肩揉み？
斎藤　ピアノですよ、ピアノ。
大河原　……。
斎藤　ねえ。
堂下　得意中の得意ですよね、先生。
大河原　……得意です——特に鎮魂歌《レクイエム》は。ハハハハ。
堂下　ハハハハ。
斎藤　もしよかったら、お会いした記念に弾いてもらえないかしら。

大河原　え？
斎藤　ほら、そこに。古いピアノですからいい音出ないかもしれませんけど。
大河原　……。
斎藤　弾いていただけるなら、わたくし、こころを込めて歌わせていただきますから。
大河原　今はちょっと。
斎藤　そんなご遠慮なさらずに。
大河原　いえ、今度また。聴く人が大勢いないと燃えない質《たち》でして。
斎藤　呼んできましょう。

とその場を去ろうとする斎藤。

大河原　あーッ。（と止め）またにしましょう。
斎藤　そう。
大河原　今日じゃない日に。
斎藤　残念ねえ。
堂下　それより、シスター。
斎藤　何ですか。
堂下　この教会の上に行く階段はどこにあるんですか。
斎藤　階段？
堂下　鐘の鳴る部屋に行く――。
斎藤　なぜそんなところに。

堂下　いえ、その——町が一望できると聞きまして。それに先生は高いところがお好きで。（大河原に）ねえ。

大河原　……大好きです。

斎藤　ご案内しましょう。

と行こうとする斎藤。

堂下　（止めて）あーッ、結構です。教えてくれさえすれば。

斎藤　そうですか。

堂下　ええ。そんなご足労かけるまでありません。

斎藤　そこの扉を開けると階段が。

大河原、すぐにその方向に去る。

堂下　どうもありがとう。では、またッ。

と行こうとして立ち止まる堂下。

堂下　シスター。

斎藤　？

堂下　一つ聞きたいことがあります。

斎藤　何かしら。
堂下　自殺すると地獄に落ちますか？
斎藤　（聞こえない）何ですか。
堂下　いえ、何でもありません。

堂下、去る。

斎藤　フフフフ。

と意味深長な笑い方をするシスター斎藤。
そして、反対側に去る。

⑩〜亜樹

堂下の宿泊しているホテルの部屋。
女が飛び込んでくる。堂下の妻——亜樹。
手には紙切れを持っている。

亜樹　耕ちゃん、耕ちゃんッ！

と部屋を探す亜樹。
と顔に絆創膏を貼った本郷が出てくる。

亜樹　あ——すいません、ここ707号室じゃ——。
本郷　そうです。
亜樹　（紙切れを見て）部屋、間違えたかしら。ここに堂下耕介の部屋じゃ——。
本郷　背の高いアフロ・ヘアの。
亜樹　そうです。あの人ここにいるんですか。
本郷　今はいません。
亜樹　嘘ッ。もしかしてもう——。

本郷　ええ。
亜樹　そんなッ。
本郷　でも大丈夫ですよ、きっと戻ってきます。
亜樹　え？
本郷　ハイ？
亜樹　あの人、死んだんじゃないんですか。
本郷　死んでませんよ。ちょっと、そこの学校の教会へ行ってるんです。
亜樹　教会？
本郷　ええ。
亜樹　なんで。
本郷　まあ、いろいろと事情が。
亜樹　あなたは誰？　あの人の友達――？
本郷　いえ、わたしはひょんなことからここへ。あの人に助けてもらいまして。
亜樹　助けて――。
本郷　ええ。
亜樹　どういうことなのよ、いったいッ。
本郷　あなたは――。
亜樹　妻です、あの人の。今は別居してますけど。
本郷　ああ――。
亜樹　……まったく冗談じゃないわ。

と亜樹、紙切れを差し出す。
それを受けとる本郷。

亜樹　部屋に帰ったらそれが置いてあって。
本郷　(読んで)……。
亜樹　「来なかったら死ぬ」なんて脅迫めいたこと——人騒がせもほどがあるわ。
本郷　なるほど。
亜樹　あなた、あの人といっしょだったんでしょ。どうでしたか。あの人、死にそうな素振りしてませんでしたか。
本郷　いえ、特には。
亜樹　本当に？
本郷　と言うより。
亜樹　と言うより？
本郷　元気溌剌《はつらつ》と。
亜樹　……。
本郷　もうすぐ戻ると思います。三時半くらいには。
亜樹　もー心配して損したわッ。

亜樹、一息つく。

本郷　何か飲み物でも。

亜樹　結構です。
本郷　はあ。
亜樹　助けてもらったって言ってたけど。
本郷　はあ。
亜樹　どしたんですか、それ。
本郷　ちょっと。ハハ。
亜樹　別に言いたくないならいいけど、あの人と関わるとロクなことないですよ。
本郷　そんな。あの人はいい人ですよ。
亜樹　いい人？
本郷　ええ。
亜樹　ハハハハ。
本郷　何ですか。
亜樹　あなた、あの人のこと知らないからそんな呑気《のんき》なことが言えるのよ。
本郷　そりゃよくは知らないですけど。
亜樹　仕事に就いてもすぐ辞めてふらふらして、他に女作って遊び回って、お金がなくなると泣きついてきて。そんな男のどこがいい人なんですか。
本郷　仮にそうだとしてもいいところだって――現に今だって、わたしのために一生懸命、教会で――。
亜樹　教会で何してるんですか。
本郷　その、何と言うか……人を救っているんです。
亜樹　「オレに任せとけ」とか何とか言って？
本郷　ええ。

亜樹　あなた、あの人に担《かつ》がれてるんじゃないですか。
本郷　そんな。
亜樹　あの人、口で言うこととやること違いますから。
本郷　しかし。
亜樹　事情は知りませんけど、あの人信じるとロクなことないですよ。
本郷　奥さん。仮にもあなたの旦那さんでしょう。そういう言い方はどうかと。
亜樹　もう旦那じゃないですから。
本郷　え？
亜樹　離婚するんです、あたしたち。
本郷　え？
亜樹　あたしの方の答えは出てるんですけど。でも、あの人の方が首縦に振ってくれなくて。
本郷　そうなんですか。
亜樹　だから、彼が戻って来たら伝えてください。話は弁護士を通してお願いしますって。
本郷　……。
亜樹　じゃ、これで。
本郷　ちょっと待ってください。あなたたちが、なんでそういうことになったのかは知りません。でも、もう一度キチンと話し合ってからでも遅くないんじゃ――。
亜樹　もう遅いんです。
本郷　でも、こうやって止めに来たじゃないですか。
亜樹　あたしのせいで人が死ぬのは嫌ですから。愛情があるから来たわけじゃないんです。
本郷　しかし――。

亜樹　あんな奴のことで頭悩ますの、もううんざりなんです。あんなろくでなしのことで嫌な思いするの、もうまっぴらなんですッ。
本郷　……。
亜樹　御免なさい。あなたに当たっても仕方ないわよね。
本郷　……。
亜樹　お邪魔しました。
本郷　……。

亜樹、行こうとして立ち止まる。

亜樹　あの人に伝えてください。
本郷　ええ。
亜樹　「死ぬのは勝手よ。でももうあたしに迷惑かけないで」って。
本郷　……。
亜樹　さよなら。

亜樹、去る。

本郷　……。

本郷、反対側に去る。

⑪〜花嫁奪還

神宮寺が出てくる。
鐘楼の下の入り口付近。
と大河原と堂下が出て来る。

堂下　くそッ。あそこが入り口だ。
大河原　……。
堂下　どうする？　あいつを何とかしなきゃ。
大河原　聞いてなかったが。
堂下　ああ。
大河原　お前の仕事は何だ？
堂下　無職ッ。
大河原　特技は。
堂下　特技？
大河原　ああ、格闘技とか。
堂下　パチスロかな。タッタッタッ。ピョーンピョーン。（と放出）
大河原　そいつはすげえ格闘技だ。

神宮寺、振り向く。
サッと隠れる二人。

大河原　お前、あいつを引きつけろ。
堂下　え？
大河原　お前が奴を引きつけてるうちにオレは上へ行く。
堂下　……。
大河原　よし、行け。
堂下　ちょっと待てよッ。何かすごく強そうな奴だぞ。
大河原　「こっちは素手だッ」とか何とか息巻いてたのはどこのどいつだッ。
堂下　そりゃそうだけど。
大河原　死にてえんだろう。なら元気にあいつに殺されてこいッ。
堂下　……。

堂下、行こうとして戻ってくる。
足の屈伸運動。

大河原　何やってんだ。
堂下　準備体操だよ。
大河原　（せせら笑い）
堂下　今笑ったな。

大河原　ああ。
堂下　いいか、これからオレは死ぬんだ。これくらいやったってバチは当たらないだろう。文句あるかッ。

と神宮寺が二人に気づく。

神宮寺　誰だッ。
二人　……。
神宮寺　誰かそこにいるのか。
大河原　行ってこい！（と堂下を突き出す）

神宮寺と向かい合う堂下。

神宮寺　何だテメエは。
堂下　……。
神宮寺　何してんだ、ここで？
堂下　自動車と蜜柑が真ん中ででんでんでんむしッ。あはッ。

と気違いの振りをする堂下。

神宮寺　……そこは立ち入り禁止だ。

堂下　自動車と蜜柑が真ん中ででんでんむしッわあーッ！

と、叫んで神宮寺に突進する堂下。
神宮寺と揉み合う堂下。
神宮寺、堂下を振り飛ばす。
神宮寺、堂下に迫る。
その隙に行こうとする大河原。

堂下　あー嫌だ嫌だ嫌だッ。助けてッ、冷血漢ッ。
神宮寺　（大河原を見る）
大河原　……。

神宮寺と大河原の格闘。
機能的なプロ同士の喧嘩。
大河原の一発が神宮寺に決まる。
神宮寺、倒れる。
大河原、走り去る。
堂下、「バーカッ」と神宮寺を挑発して反対側に走り去る。
堂下を追う神宮寺。

＊

大河原が出てくる。

桃子の監禁されている小部屋。

大河原　いるか、おいッ。

大河原、鉄の扉を叩く。

桃子が出て来る。

桃子　誰？

大河原　先生のお使いだ。

桃子　待ってたわ！

鍵をナイフで開けようとする大河原。

桃子　何してるの！　早く、早くここを開けて！

大河原　開けるからガタガタ言わねえでじっと待ってろ！

＊

堂下、飛び出して来る。

近くにあった燭台を拾って、隠れる。

神宮寺、出てくる。

神宮寺の背後からそっと近づく堂下。

神宮寺、振り返る。手には銃。

堂下　……。
神宮寺　捨てろ。
堂下　……。
神宮寺　手に持っているものを捨てろって言ってんだッ！
堂下　（構える）
神宮寺　おいおい――。

＊

桃子　何してるの！
大河原　うるせえッ。そんなに簡単に開くはずねえだろう！
桃子　もうッ。

＊

堂下　撃てッ。
神宮寺　何？
堂下　撃てッ！　ここ（心臓）だ、ここに一発ぶち込んでくれ。
神宮寺　……。

堂下　何してる。撃てッ！　ホラ。
神宮寺　（ちょっと気圧される）
堂下　頼む、撃ってくれーッ！（と燭台をブンブン振り回す）
神宮寺　ややや、やめろッ。
堂下　おおーッ！（と向かっていく）

神宮寺、逃げる。

堂下　待てッ！　待ってくれえ！

堂下、それを追って去る。

＊

「ガキン」という鍵の開く音。
扉を開ける大河原。

大河原　お待たせしました、お姫様。
桃子　ありがとうッ。

二人、螺旋階段を一気に駆け下りる。

大河原　こっちだッ。

大河原と桃子、去ろうとする。
とそこへ堂下が走り込んで来る。

大河原　おい、こっちだ。
堂下　（桃子を見て）桃ちゃん！
大河原　どうした、殴り殺されるんじゃなかったのか。
堂下　そのつもりだったのに、何かあいつ怖がっちゃって……。
大河原　ほう。
桃子　ねえ、あなたたちいったい――。
堂下　正義の味方ッ。
大河原　しッ。

物音に身を隠す三人。
と、神宮寺が走り込んで来る。

神宮寺　（携帯電話に）奴ら、あの女を連れ出しやがったッ。たぶんあのセンコーの手先だッ。ともに年は三〇前後。片方は髪の長いスーツ姿、片方はアフロ・ヘアのイカレ野郎だ。見つけたら捕まえろ。いいか、両方ともナメてかかると危ねえ相手だぞッ。

神宮寺、去る。

大河原　（桃子に）それ脱げ。
桃子　え？
大河原　そのピラピラしたの。
桃子　何する気？
大河原　勘違いすんな。そんな派手なもん着てたら一キロ先からでもバレちまう。
桃子　ああ――（と理解して脱ごうとするが）脱いで何着るの？
大河原　正義の味方、出番だぞ。
堂下　へ？
大河原　へじゃねえよ。着てるもん脱げ。
堂下　なんで？
大河原　オメーの服を花嫁さんに着せるんだよ。
堂下　なるほど。（と脱ごうとするが）……で、オレは何着るの？
大河原　決まってんだろう。
堂下　……これ？（と桃子の着ているものを指差す）
大河原　そうだ。
堂下　……。
大河原　何してる！
堂下　ホントに？
大河原　ホントも嘘もねえんだ。早くしろ！

桃子、着ているものを脱ぐために奥に一度去る。

大河原　何してる！　正義の味方はかっこいいだけじゃねえんだ。

堂下　しかし、サイズが――。

大河原　ガタガタ言うなッ。死ぬ気で着ろ、死ぬ気で！

堂下　オレ、あの恰好で死ぬのか？

大河原　そうだ。天使みたいで美しいじゃねえか。

堂下　おおーッ！

大河原、堂下を促して去る。

＊

学校内、公会堂の舞台。

金丸がマイク片手に「ヒーローの歌」を熱唱している。

金丸　さらば銀河　こころの故郷　今、旅立つ正義の勇者――！

と歌い止める金丸。

金丸　ちょっと止《や》めだ……ストップ！

演奏、とぎれる。

金丸　（スタッフに）キーが違うんじゃねえのか。キーボードッ！　てめえ、オレに恥かかす気かッ。

ちゃんと音出さねえとぶッ殺すぞ、この野郎！　ちょっと休憩ッ。

と神宮寺が出てきて金丸を舞台の隅に連れて行く。

金丸　何だ、どした。
神宮寺　（耳打ち）
金丸　……。
神宮寺　申し訳ありません。
金丸　で？
神宮寺　付近を探してます。
金丸　痛めつけたんじゃないのか。
神宮寺　あの先生じゃありません。
金丸　じゃ誰だ？
神宮寺　さあ。
金丸　（怒鳴りたいが）とにかく、捕まえることだ。騒ぎにならないように、すみやかに、だ。
神宮寺　はッ。

神宮寺、去る。

金丸　（スタッフに）もう一度だッ。いいか、今度音外したら首だぞッ。

金丸、芝居に入る。

金丸　「待てェッ、銀河を征服せんと企むドクロ海賊！」

と言いながら去る金丸。

＊

大河原に連れられて桃子（堂下の服）が出てくる。

大河原　いいか、このままそこのホテルの707号に行け。そこであんたの愛しい先生が待ってる。

桃子　わかった。（服を見て）ぶかぶか。

とコスプレ姿の堂下が出て来る。

堂下　（憮然と）キツキツ。

桃子　綺麗よ、とっても。あたしには負けるけど。

桃子、堂下の衣装の身繕いをしてやる。

桃子　（手伝いながら）結婚してます？

堂下　まあ。

桃子　この姿は奥さんには見せたくないわよね。こんなの見たら愛想つかされそう。

大河原　安心しろ。愛想はもう尽かされてる。
桃子　そうなの？
大河原　そんなことより、計画はこうだ。ここから、礼拝堂を通って一気に正面を突破する。
桃子　そんなことしたら――。
大河原　その通り。当然奴らに見つかるだろう。それが狙いだ。
桃子　え？
大河原　いいか、見つかったら、オメー（堂下）は派手に逃げろ。奴らがそっち追いかけてるうちにあんた（桃子）はここから脱出する。いいな？
桃子　わかったッ。

神宮寺、出てきて辺りを探索。
三人、隠れる。

神宮寺　（携帯電話に）いたか――。（いない）女はド派手なコスプレ着てんだぞ。目ン玉よーく開けて探さんか、このバカタレが！

神宮寺、走り去る。
大河原たち、出てくる。
と平田が出てくる。

平田　ハハハハ。

大河原　何だ。
平田　いや、実に奇妙な花嫁だと思いまして。

と、シスター斎藤が出て来る。

斎藤　先生ッ。
大河原　（まずい）……。
斎藤　どうでしたか、町の眺めは。
大河原　……最高でした。
斎藤　それはよかった。（堂下に気づき）そちらは——。
大河原　花嫁なんです、これから式を挙げる。こっち（桃子）は付き添いです。
桃子　付き添いでーす。
堂下　（もじもじする）
斎藤　花嫁というと——セバスチャンのお相手？
大河原　そうです。ちょっと道に迷ったらしくて。
斎藤　そうなのですか。
大河原　そうなのです。ハハハハ。
斎藤　そうですか。お会いできて光栄です。おめでとう。
堂下　（女の声で）ありがとうございますッ。

斎藤、まじまじと堂下を見る。

斎藤　それにしてもずいぶん大きな花嫁さんねえ。
堂下　牛乳大好きッ。

と堂下のからだを触る斎藤。

斎藤　ずいぶん固いからだねえ。
大河原　ボディビルの選手なんです。
斎藤　そうなの？

堂下、ボディビルのポーズ。
と、堂下の胸を触る斎藤。
そして、自分の胸も触ってみる。

斎藤　勝ったッ。ハハハハ。
堂下　ハハハハ。（大河原に「笑え」と合図）
大河原　ハハハハ。（平田に「笑え」と合図）
平田　ハハハハ。
大河原　……では、支度があるのでわたしたちはこれで。

と行こうとする大河原たち。

斎藤　待ちなさいッ。

びくっとする大河原たち。

斎藤、堂下に近づき、服装の乱れを直してやる。

斎藤　ここから逃げたいんでしょ。
堂下　え、あの、その――。
斎藤　いいの、わかってるんだから。
堂下　……。
斎藤　好きなんでしょ、本郷先生が。
桃子　どうしてそれを。
斎藤　伊達に長くは生きていません。
桃子　……。
斎藤　長く女学院にいると、そういうことはよくあります。
大河原　シスター――。
斎藤　いいの、何も言わないでッ。
大河原　……。
斎藤　さぞかし苦しかったでしょう。
堂下　（うなずく）
斎藤　あたしはこの学校の理事長です。だから先生と生徒の恋愛を奨励する立場ではありません。
桃子　でも――。

斎藤　いいの、何も言わないでッ。
桃子　……。
斎藤　しかも、あなたと今日、結婚するセバスチャンは、わたしの教え子の一人です。だから、あの子が悲しむのは残念です。
桃子　でも──。
斎藤　いいの、何も言わないでッ。
桃子　……。
斎藤　しかし、多くの人が傷つくことを承知でも止まらない恋もあるものです。
桃子　え？
斎藤　生きなさい、自分の思う通り。
桃子　シスター……。
斎藤　いいの何も言わないでッ。
桃子　……。
斎藤　たとえ後悔したとしても、耐えられます、あなたの若さなら。
桃子　……。
斎藤　さ、早くッ。

堂下と桃子、頭を下げて走り去る。
それに続こうとする大河原を斎藤は引き止める。

斎藤　大丈夫です、あのコなら──付き添いはなくても。

それを興味深く見ている平田。

斎藤　どう思われますか、先生は。
大河原　はい？
斎藤　わたしの今したことは間違いだと思いますか。
大河原　全然そうは思いません。
斎藤　よかった。
大河原　では――。

と行こうとする大河原。

斎藤　（引き止めて）どう思いますか。
大河原　何がですか。
斎藤　教師と生徒の恋愛です。
大河原　いいんじゃないでしょうか、どんどんやって。
斎藤　自由な考え方なのねえ。
大河原　自由です。では――。

と行こうとする大河原。

斎藤　（止めて）あたしもまだ幼い頃、教師に恋をしました。

大河原　そうですか。
斎藤　その先生の名はジョー・ペンドルテン。ピアノの上手なアメリカ人宣教師でした。
大河原　ほう。
斎藤　募る思い。しかし、あたしはジョー神父に自分の胸のうちを告げることはできませんでした。
大河原　なるほど。
斎藤　言わぬも後悔、言うも後悔。本当にこの世は因果なものです。
大河原　同感です。
斎藤　とても似てますのよ。
大河原　何がですか。
斎藤　ジョー神父とあなた。
大河原　ハハハハ。
斎藤　ハハハハ。
平田　ハハハハ。
大河原　ではこれで——。

と行こうとする大河原。
それを引き止める斎藤。
と舞台奥で「キャーッ」という堂下の声。
ハッとする三人。
と三人の前を堂下が走って通過する。

大河原　……。
斎藤　……。
平田　……。

続いて「こっちだッ」という神宮寺の声。
と突然、大河原が斎藤を抱き寄せて唇を奪う。
そこへ神宮寺が走り出る。
抱き合う男と老婆の姿。（大河原の顔は見えない）

神宮寺　（見てはならぬものを見た）……。

と舞台奥で「キャーッ」という堂下の声。

神宮寺　失礼ッ。

と行って走り去る。
大河原、斎藤を放す。

斎藤　ハハハハ。
大河原　ハハハハハ。すいません、突然。
斎藤　……おーッ。

と失神してしまう斎藤。

大河原　シスター！　シスター！

と揺り動かすが気を失ったままのシスター斎藤。

平田　失神せさたんですかッ。

大河原　仕方ねえじゃねえかッ。まさか失神するとは思っても——。

と「耕ちゃん、いるの？　耕ちゃんッ」という亜樹の声。

大河原、斎藤を抱き抱えて運ぶ。

平田　どこへ。

大河原　隠れるには格好の場所があった。

平田　何です。

大河原　懺悔室《ざんげしつ》だ。

大河原、斎藤を懺悔室の椅子に人形のように座らせる。

⑫〜亜樹の告白

と亜樹がやって来る。
堂下を探していたらしい。

亜樹　……馬鹿馬鹿しいッ。

と行こうとして懺悔室があることに気づく。
亜樹、懺悔室に入る。
亜樹と大河原の間には架空の仕切りがある体。
気を失ったままのシスター斎藤。

亜樹　あのいいですか。
大河原　……。
亜樹　ダメならいいんです。ちょっとここが目に入っただけですから。

動かない斎藤。
大河原、女を見てびっくりする。

堂下に見せてもらった写真の女。

亜樹　どうかしましたか？
大河原　いいえ、大丈夫ッ。何ですか。

と斎藤を人形のように操る大河原。
以降、大河原は斎藤を操りながら会話する。

亜樹　あたしは罪を犯しました。あたし、離婚するんです。神様の前で永遠の愛を誓ったのに。
大河原　……。
亜樹　あの、懺悔の仕方ヘンですか。
大河原　いえ。

と斎藤の首を振らせる大河原。

亜樹　あたし、クリスチャンでも何でもないんです。でも、三年前に教会で結婚式を挙げたもので——もっと小さな教会でしたけど。
大河原　そうですか。
亜樹　いいですか、クリスチャンじゃなくても？
大河原　神の前では人はみな平等です。
亜樹　よかった。神様、許してくれますか。

大河原　ハイ？
亜樹　ですからあの人と別れること。
大河原　……許します。
亜樹　ホントですか？
大河原　神様、嘘つかない。

と斎藤の手を動かす大河原。

大河原　他にないんですか、懺悔することは？
亜樹　ええ――。
大河原　何でも言いなさい。
亜樹　ちょっと恥ずかしいんですけど。
大河原　ここは恥ずかしいことを言う場所です。
亜樹　……あたし、浮気しました。
大河原　ほう。
亜樹　確かにあの人、ダメな人だと思います。あたしに甘えてばかりで――それで、いっしょにいても疲れるだけの関係になっちゃって……。あたし頼れる人、ほしくって、それで――。
大河原　なるほど。
亜樹　二人の間に子供が出来てればこんなことにならなかったかもしれません。
大河原　と言うと。
亜樹　あたし、子供が出来にくいみたいで。お医者さんの話だと原因はあたしの方にあるらしいんですけど。
大河原　そうですか。
亜樹　あの人、いい加減だけど子供は大好きなんです。だからもし赤ちゃんができてたら、こんな風にはならなかったかも――。
大河原　……。
亜樹　なのに、あたしあの人と別れるとき、あの人のこと口汚くののしりました。
大河原　ほう。
亜樹　あの人、すごく傷ついたと思います。でも、あたしがそのとき何やってたかって言えば、別の男の人と――。（と涙）
大河原　……。
亜樹　こんなあたしを神様は許してくれるでしょうか。
大河原　ええ、許します。
亜樹　ホントですか。
大河原　そのくらいのことはまだ可愛いものです。
亜樹　とおっしゃいますと？
大河原　世の中にはもっとひどいことをしている人間もたくさんいます。
亜樹　ありがとう。
大河原　……。
亜樹　あの人の前だと汚い言葉しか出てこないんですけど、シスターの前だと素直な気持ちが言えます。
大河原　何でも言いなさい。

亜樹　悪いのはあなただけじゃない。あたしも悪かった——今はそう思ってます。
大河原　……。
亜樹　あの人にもそう言えたらいいんですけど。
大河原　そうですねえ。
亜樹　でもすっきりしました。ありがとうございました。
大河原　神のお恵みあれ。

と斎藤の手で十字を切る大河原。

亜樹　？

亜樹、何かへんだと思いながらその場を去る。
大河原、汗を拭う。

平田　お疲れ様でした。
大河原　……。

大河原、シスター斎藤にカツを入れる。

斎藤　（気づく）あら、すいません、あたし、いったい——。
大河原　それより、シスター。

斎藤　ハイ。
大河原　大事な用事があるんじゃないですか、今日。
斎藤　大事な用事？
大河原　ええ、隣の裁判所で。
斎藤　そうでしたッ。
大河原　急がないと間に合いませんよ。
斎藤　ありがとう。
大河原　また会いましょう、シスター。

大河原、走り去る。

斎藤　……夢だったのかしら。

とその場をそそくさと去る斎藤。
それを見届けてから大河原を追う平田。

＊

堂下、走り出る。行き止まり。
神宮寺、出てくる。

神宮寺　（ハアハア言って）桃子さん、いい加減にしてください。
堂下　フフフフ。

神宮寺　？
堂下　あたしが桃子ちゃんに見える。

堂下、つけていたベールを取って顔を見せる。

堂下　「天に代わってお仕置よ！」

というような衣装のイメージに合う台詞を言う堂下。

神宮寺　ハハハハ。
堂下　ハハハハ。人をコケにしやがって！

と拳銃を構える神宮寺。

金丸の声　待てッ！

金丸、出てくる。

金丸　何者だ。
堂下　正義の味方さ。
金丸　いくらで雇われた？

堂下　金なんか貰ってないさ。
金丸　桃子はどこだ？
堂下　言えないね。
金丸　一千万出そう。それで桃子の居場所を教えてくれ。
堂下　生憎、金使いたくてももう用がないんだ。
金丸　もう一度だけ聞く。桃子はどこだ？
堂下　知らん。
金丸　（神宮寺に目配せ）

神宮寺、拳銃を堂下のこめかみに当てる。

金丸　言え。
堂下　……。
金丸　桃子はどこだ？
堂下　……。
金丸　どこだーッ!?
堂下　今頃はもう教会の外だ。
金丸　……。
堂下　オレが逃がしたんだ。さあ、殺せッ！
金丸　……そう簡単に殺してもらえると思うなよ。
堂下　何？

金丸　神宮寺。
神宮寺　ハイ。
金丸　衣装は汚すなよ。
神宮寺　（うなずく）
金丸　連れて来いッ。

金丸、去る。

神宮寺　「天に代わってお仕置よ」フフフフ。

神宮寺、堂下を連れて去る。

⑬〜男の正体

ホテルの七階の廊下。
今井が出てくる。
と反対側から本郷と桃子が手を取り合ってやって来る。

今井　大丈夫ですか、先生。
本郷　大丈夫。いろいろお世話に。
今井　あのお客さんは？
本郷　堂下さん――。
今井　ええ。
本郷　もうすぐ戻って来るはずです。戻ったらお礼を言ってください。「あなたは命の恩人です」って。
今井　はあ。
本郷　頑張れよ、ニューフェイス！
桃子　ニューフェイス！

と、そこに大河原と平田がやって来る。

桃子　正義の味方さん！
本郷　このたびは、いろいろひとかたならぬお力添えをいただき――。
大河原　何をグジャグジャ言ってんだ。早く逃げろ。
桃子　行こう、先生。

行こうとする桃子と本郷。

本郷　（止まって）ひとつ。
大河原　何だ。
本郷　堂下さんの奥さんがここに来て――堂下さんに伝言があります。
大河原　何だ。
本郷　いい伝言じゃないんで黙ってようかとも思いましたけど。
大河原　早く言え！
本郷　（モゴモゴと）「死ぬのは勝手よ。でもあたしにもう迷惑かけないで」
大河原　何？
本郷　だから――（モゴモゴと）「死ぬのは勝手よ。でもあたしにもう迷惑かけないで」あーもいいですッ。（桃子に）行こう。
桃子　うんッ。
大河原　おい、階段はこっちだッ。
桃子　ありがとう、正義の味方さん。

と手を差し出す桃子。
桃子と握手する大河原。
二人、大河原にお辞儀して去る。

大河原　（今井に）頑張れ、ニューフェイス。

平田　ニューフェイス！

とその場を去る大河原。
それに続く平田。

今井　正義の味方……？

今井、首を傾げて去る。

＊

ホテルの大河原の部屋。
大河原、ライフルを持って出てくる。
そして、ライフルを組み立てる。

大河原　今何時だ。

平田　三時四十分。

大河原、ライフルの組み立て完了。
時計を見る。時間は残りあとわずかだ。
大河原、窓からライフルを構える。
と堂下がドアを破って部屋に雪崩れ込んで来る。
続いて拳銃を手にした神宮寺。

神宮寺　動くなッ。
大河原　（動けず）……。
神宮寺　てめえ、いったい何者だ。
大河原　教会であんたの腹に一撃加えた男さ。
神宮寺　捨てろ、その銃を。
大河原　……。
神宮寺　もたもたすんなッ。

大河原、ライフルを捨てる。
倒れている堂下。

堂下　すまない。
大河原　……。
神宮寺　女はどこだ。
大河原　……。

神宮寺　どこだッ！

と今井が入って来る。

今井　お客さん、これはいったい――。

大河原、一瞬の隙をついて神宮寺に飛びかかる。
大河原と神宮寺の拳銃をめぐるもみ合い。

今井　ひゃーーッ！（と逃げる）

神宮寺、銃を落とす。
大河原と神宮寺の格闘。
銃に飛びつこうとする神宮寺。
大河原、それを拒む。
神宮寺、反撃。
大河原、劣勢。

堂下　やめろーッ！

二人、堂下に気づく。

堂下、大河原のライフルを構えている。

堂下　なんで、なんでこんなものが――。

大河原、反撃する。
そして神宮寺を寝室に押し入れる。
神宮寺の断末魔の声。

堂下　（それを見て）ひゃーッ。

大河原、寝室から出てくる。

大河原　それをこっちによこせッ。
堂下　あんた――。
大河原　よこせッ！（と一歩出る）
堂下　（銃口が上がり大河原を狙う）
大河原　……。
堂下　そういうことだったのか。あんたは、ここから誰かを――。
大河原　そうだ。それがオレの仕事だ。だからもう邪魔するなッ。
堂下　オレを助けてくれたのも、みんな、みんな――。
大河原　そういうことだ。

堂下　ハハハハ。（と情けなく笑う）

大河原、堂下に飛びかかる。
と、堂下、発砲！
大河原の肩に当たる。

堂下　撃つ——撃つつもりじゃなかったんだッ。

大河原、堂下に飛びかかりライフルを奪う。
そして堂下を張り飛ばす。
倒れる堂下。
大河原、部屋から走り去る。
堂下、神宮寺の落とした拳銃を拾う。
そして、ふらふらと部屋を出ていく。
それを追う平田。

⑭～対決

ホテルの屋上。
大河原、ライフルを手に出てくる。
肩が痛むがライフルを構える。
遠くで雷鳴が聞こえる。
堂下が拳銃片手に出てくる。
大河原、それに気づく。
が、ライフルはターゲットの方を向いたまま。

大河原　どこまでオレの邪魔をすれば気がすむんだ。
堂下　……。
大河原　お前は死ぬんじゃなかったのか！
堂下　……ああ、そうだ。
大河原　なのになんでオレの邪魔をする？
堂下　わからないよ！　オレだって何もあんたの邪魔をしようと思ってたわけじゃないんだッ。
大河原　すべて忘れてやる。だから、後三分、そこで静かにしててくれ。
堂下　（ライフルの狙っている方向を見て）裁判所……裁判の証人を――。

大河原　（構えている）……。
堂下　誰だ？　誰を殺すんだ？
大河原　黙ってろッ！

雷鳴。

堂下　（銃を構えて）やめろ。
大河原　……。
堂下　やめるんだ。
大河原　……。

大河原、初めて堂下と向かい合う。
ライフルの銃口を堂下に向ける大河原。

大河原　殺してほしいって言ってたな。
堂下　ああ。
大河原　遅ればせながらやってやろうか。
堂下　ああ――でも、証人が入廷してからだ。

雷鳴。

堂下　こんなときに言うのもナンだが。
大河原　……。
堂下　すごくスリルがあって楽しかった。
大河原　……。
堂下　オレ、今までの人生のなかで一番生きてるって感じしたよ。
大河原　……。
堂下　痛い思いはしたけど。
大河原　……。
堂下　あんたにやられるなら本望だ。
大河原　……。

大河原、ライフルを構えてターゲットを狙う。

堂下　やめろッ！
大河原　（動じない）
堂下　撃つぞ、ホントに！
大河原　（動じない）
堂下　あんたが撃ったらこっちも——。
大河原　やれるもんなら——。
堂下　おい！
大河原　やれるもんならやってみろッ！

雷鳴。

現れた証人——それはシスター斎藤だ。

大河原、証人を狙っている。

堂下、大河原を狙っている。

＊

シスター斎藤、周りの人々にお辞儀しながら舞台を通過する。

＊

大河原　……。

堂下　……。

大河原、ライフルを下ろす。

堂下　（ホッとして）……。

堂下、拳銃を下ろす。

大河原、ライフルを堂下に向ける。

堂下　……。

大河原　……。

と、ポツリポツリと雨が降ってくる。
顔を上げる堂下。
顔を上げる大河原。
雨、激しく降ってくる。
雨のなかの殺し屋と自殺男。

大河原　……ハハハハ。

と笑い出す大河原。

堂下　ハハハハ。

と笑い出す堂下。
そこに現れる平田。
大河原、笑い止み、その場から出ていこうとする。

大河原　愛しい女房がここに来たそうだ。
堂下　（雨音で聞こえない）えッ？
大河原　オメーの女房がここに来たとよッ。
堂下　ホントか⁉
大河原　先生が伝言を聞いたッ。

堂下　なんて？　なんて言ったんだ、あいつ？
大河原　一度しか言わねえからよーく聞けよッ。
堂下　ああ。
大河原　「悪いのはあなただけじゃない。あたしも悪かった」
堂下　……。
大河原　聞こえたな。
堂下　（うなずく）

大河原、行こうとする。

堂下　どこへ行くんだッ。
大河原　オメーみたいなダメ男がいねえとこだ。
堂下　……。

大河原、ライフルを持って去る。

堂下　（それを見送って）……。

雨のなかの堂下。
それを見つめる平田。
暗転。

エピローグ〜殺し屋と弁護士②

舞台に明かりが入ると冒頭の拘置所。
椅子に座っている平田。
腕を包帯で吊った大河原も椅子に座っている。
前景に引き続き雨——。

大河原　とまあ、そういうことだ。
平田　……。
大河原　面白かったか、「殺し屋の最悪の一日」は。
平田　まあ。
大河原　そりゃよかった。へへへへ。
平田　ただ——。
大河原　ただ何だ。
平田　最後まで聞いてもわからないのは、あなたがなぜ引き金を引かなかったのか——その訳です。
大河原　……。
平田　堂下さんに撃たれるのが怖かったから——?
大河原　……。

平田　シスターと出会って殺すのは忍びないと思ってしまったから――？
大河原　……。
平田　桃子ちゃんと先生の笑顔にほだされたから――？
大河原　……。
平田　前向きに生きて行こうとする亜樹さんの健気な姿――？
大河原　……。
平田　あるいは、そのすべて――？
大河原　……。
平田　どうなんです。
大河原　全部違う。
平田　……。
大河原　あの馬鹿と同じ――オレも馬鹿だからだ。
平田　……。

雨――。

平田　（苦笑）
大河原　何だ。
平田　世の中は複雑だなあと思いまして。
大河原　……。
平田　あなたが血も涙もない殺し屋であってくれればどんなにわかりやすいか。

大河原　ヘッ。
平田　ところが現実はちがう。
大河原　……。
平田　孤独だけれど心優しい殺し屋がいて、金は持ってるがどう仕様もない権力者がいる。
大河原　……。
平田　ほんと弁護士は何を守り、何と戦えばいいのやら――。ハハ。

雨――。

大河原　時間だな。
平田　ええ――。
大河原　へへへへ。こんなにしゃべったのは何年ぶりかな。
平田　……。
大河原　公判、楽しみにしてるよ。

と出ていこうとする大河原。

大河原　よかったらやってやれよ。
平田　ハイ？
大河原　あの馬鹿の離婚調停をよ。
平田　わかりました。

大河原　それと懺悔室の件《くだり》。
平田　ええ。
大河原　できれば黙っててほしいんだが。
平田　なぜ？
大河原　なぜって——恥ずかしいからだよ。
平田　そうはいきません。ハハハハ。
大河原　ハハハハ。

雨——。

平田　あなたの話を聞いてひとつだけわかりました。
大河原　何が。
平田　堂下さんの言ってたことは間違っていないと。
大河原　うん？
平田　「あの人はそんなに悪い人じゃない」
大河原　……。
平田　わたしもそれは信じます。
大河原　そりゃどーも。
平田　じゃ公判で。
大河原　じゃあな、先生。

とその場を去る大河原。
舞台に一人残る平田。
平田、バッグからノートを取り出す。
そして、そのノートに事件の顛末を熱心に書き出す。
と、大河原の座っていた椅子に明かりが入る。
大河原のために全力の弁護を行なうであろう平田。
そのやる気に満ちた姿。

［参考文献］

『弁護士〜〝法の現場〟の仕事人たち』（内田雅敏著／講談社現代新書）
『法廷のなかの人生』（佐木隆三著／岩波新書）

劇団の二十年〜あとがきに代えて

この戯曲集に収録した二本の戯曲は、ともに劇団ショーマの公演のために書かれたものである。『逃亡者たちの家』は、一九九三年に上演した同名の作品を底本として、『VERSUS　死闘篇〜最後の銃弾』は、一九九五年に上演した『VS.』を底本として、全面的に書き直したものである。ともに、事件の進行を時間に沿って描いた旧作を登場人物の回想形式で描いたものだ。だから、新たな人物として『逃亡者〜』には「平田敏則」という弁護士が、『VS.』には「笠原」という囚人が登場する。しかし、これらの人物を登場させることによって、ドラマがより立体的に膨らんだのではないかと思う。

ここで本当の回想をする。わたしが論創社さんから戯曲を初めて上梓してもらったのは今から一六年前である。それが第一戯曲集『ある日、ぼくらは夢の中で出会う』である。劇団結成、五年目のことだ。そのあとがきを見ると、「とても振り返るような立派な過去は持っていないのですが」と前置きして、それまでに劇団で上演した芝居についての記録がある。劇団を作ってはや二十年——もう立派に回想する過去は獲得したと思うので、今回は、あれ以降のわたしたちの活動を回想することであとがきに代える。

『極楽トンボの終わらない明日』（一九八八年六月　於／下北沢ザ・スズナリ）は、刑務所を舞台にした脱獄劇だった。この芝居で主人公の「長谷川権介」を演じた山本満太は、当時、キリリと引き締まった痩身の青年だったが、今は別人である。

『新版　ある日、ぼくらは夢の中で出会う』（一九八八年一〇月　於／新宿シアター・トップス）は、刑事と誘拐犯人を一人二役で演じる劇団の代表作の再演だった。論創社から出ている同名の戯曲を書き替えて、人物に女性を加えて書き直した。舞台で使う拳銃の音を出すために多量の火薬を使用したが、「よくあんな無謀なことを」と今は思う。

『ルシファーは楽園の夢を見る』（一九八九年四月　於／新宿シアター・トップスほか）は、のちに公演する『上海ＣＲＡＢ』の元になった芝居で、「虚構取締法」という法律のできた近未来を舞台に、虚構の密売団とそれを取り締まる捜査官たちの闘いを描いたショーマ版の『華氏４５１』――あるいは『アンタッチャブル』だった。

『けれどスクリーンいっぱいの星』（一九八九年八月～九月　於／下北沢本多劇場ほか）は、東京だけでなく地方でも公演した。初めて大きな劇場での公演だったので、反省もたくさんあった公演だった。

『クラウド・ランド年代記』（一九九〇年一一月～一九九一年一月　於／池袋西口特設テントほか）は、「東京国際演劇祭」に参加した公演で、地方公演もあり、今までの公演のなかでは一番大規模な企画だった。巨大な劇場ビルを舞台に、死んだ天才演出家の生涯をその息子がいろんな人々の証言から辿っていくという構成の芝居だった。

『極楽トンボの終わらない明日』（一九九一年五月～六月　於／新宿シアター・トップスほか）は、好評だった初演を改訂して上演した。客演は入江雅人さん。この芝居を最後に、これまでわたしの作り出すヒーローを演じてきてくれた加藤忠可が退団した。

『クレセント・ホテル』(一九九二年二月〜三月　於/下北沢本多劇場ほか)は、前に上演した『フーダニット』という芝居を全面的に改めて上演した。雪の山荘を舞台にしたメタ・ミステリーだった。いつか、またこういう推理劇にチャレンジしたい。

『上海CRAB』(一九九三年一月　於/新宿シアター・アプルほか)は特別公演として、女優の高樹澪さんを迎えて上演した。音楽にロック・バンド「ハウンド・ドッグ」の曲をふんだんに使わせてもらった公演だったが、テレビでこの公演のコマーシャルが流れているのを見てびっくりした記憶がある。オープニングの曲がフル・ボリュームでかかると、観客が飛び上がっていた姿を覚えている。わたしの耳が悪かったのかもしれない。

『逃亡者たちの家』(一九九三年八月　於/新宿スペース・ゼロ)は、殺し屋と自殺男をめぐるコメディ。この本に収録されている台本の元になったもの。「本水が使える」という条件の小屋だったので、最後の雨の場面は舞台に実際に雨を降らせた公演だった。主演の川原だったか山本だったか忘れたが、「舞台の上のシャワーはとても気持ちのいいものだ」と言っていた。そういうものか。

『アメリカの夜』(一九九四年四月　於/新宿シアター・サンモールほか)は、戯曲集『ある日〜』のあとがきにまだできていないのに「ぼくらの代表作になるはずです」と強気なことを書いている舞台の再演。この芝居を最後に劇団を去る細山毅の最後の舞台だった。映画のなかに侵入したサラリーマンとそれを追ってやって来た同僚の映画をめぐる追撃アクション演劇。劇中で「ポケットベル」が出てきたが、携帯電話天国の今は隔世の感がある。

『八月のシャハラザード』(一九九四年八月〜九月　於/THEATER　V　AKASAKA)は、

死んだ役者と強奪犯が主人公のファンタジー。現在、本になっているのはこのバージョンである。主演女優だった渡辺美紀のお父さんが公演中に亡くなり、「あの世への案内人」という役は渡辺にはとても辛かったにちがいない。客演に坂口理恵さん。

『VS.』（一九九五年三月　於／新宿シアター・アプル）は、「死闘編」の底本である。サックス・プレーヤーの伊東たけしさんを招いての公演で、アクション・シーンは伊東さんの生演奏をバックに演じられた。この公演の打ち上げが終わった朝、「地下鉄サリン事件」が起こったことは覚えている。

『Masqerade（マスカレード）』（一九九五年一〇月　於／池袋アムラックス・ホール）は、「張り込み刑事」を題材としたコメディで、劇団の特別公演として上演した。川原和久、山本満太に加えて、台湾のアイドルの伊能静さんを迎えて上演した三人芝居。本舞台に他に、刑事の張り込む部屋を客席の中に作った実験的な公演だった。

『ゲームの名前』（一九九六年三月　於／新宿シアター・アプル）は、「幕末村」というテーマ・パークを舞台にした殺陣を取り入れたミステリー・タッチの娯楽チャンバラ劇。客演は京晋佑さんと近江谷太朗さん。脚本作りに宗教学者の島田裕巳さんが協力してくれて、裏テーマは「オウム事件」だった。

『極楽トンボの終わらない明日』（一九九六年一〇月　於／新宿シアター・サンモール）は、再演。客演に近江谷太朗さん。その年に採用した若い新人劇団員が数名、板を踏んだ。現在、「新版」として出版されているのは、この時のバージョンである。

『イサムの世界』（一九九七年四月　於／新宿シアター・サンモール）は、記憶喪失の男をめぐる陰謀劇とでも言える内容の芝居だった。採用した新人たちが続々と舞台で活躍するようになってきた公演だった。新人をいかに使っていくか四苦八苦していた模索期の作品。

『さらば　たかしお』（一九九七年一〇月　於／新宿シアター・サンモール）は、潜水艦を舞台にした劇だったので、知り合いのツテを通して海上自衛隊の潜水艦を見学に行ったりした。客演に東海林寿剛さん。台本がとことん遅れた公演で、みんなに迷惑をかけたけれど、稽古場にワープロを持ち込んでホンを書いた経験は、後にも先にもこれだけである。

『ある日、ぼくらは夢の中で出会う』（一九九八年四月　於／新宿シアター・サンモール）は、再演である。本来四人だった登場人物を五人にして書き直し上演した。劇中で、刑事たちは「空を飛ぶ」のだが、いろんな意味でなかなか「飛べなくなっている」自分に気付いた公演だった。

『八月のシャハラザード』は、（一九九八年八月　於／新宿シアター・サンモールほか）は、客演に声優の宮村優子さんを迎えて「ノースウェット10周年記念公演」として上演した。宮村さんを見にやって来たいつもと違う雰囲気の観客層にびっくりした。「伸一」と「のえ」という主人公「亮太」が所属する劇団の後輩の役を作ったが、扱いがぞんざいで、演じる役者に悪かったと思う。すまん。

『M－ST～ミスト』（一九九九年四月　於／中野ザ・ポケット）は、ドジな宝石泥棒を主人公にしたアクション演劇。若手の児島功一と岡本勲が初めて本公演で主演した。アクション・ショーを舞台にした芝居だったが、コスチューム作り――とりわけ、「環境破壊獣ダイオキシンジャー」製作の苦労は並々ならぬものがあった。

『アメリカの夜　’99』（一九九九年一一月　於／新宿シアター・サンモール）は、再々演。客演に「TEAM発砲B－ZIN」の座長のきだつよしさんを迎えて上演した。たぶん、二度とお目にかかることがないような気がするので書いておくが、この芝居には、ほかのバージョンにはない「主人公のボクサーの友人の黒人のベン」という役が存在した。それを演じたのは、その後、退団した斉藤義信である。

『リプレイ』（二〇〇〇年四月　於／新宿スペース・ゼロ）は、「全労済フェスティバル」参加公演。死刑囚の魂がとある物真似芸人の肉体に転生し、未来の自分と現在の自分が闘うという内容のファンタジー。芝居は好評だったが、この公演を最後にしばらく公演活動を休むことになる。三十代最後の公演だった。

『逃亡者たちの家』（二〇〇三年四月　於／池袋シアターグリーン）は、この本に収録されているもの。三年ぶりに古巣シアターグリーンに戻って、若手中心の特別公演。客演は「AND ENDLESS」の西田大輔さんと「花歌マジックトラベラー」の窪田あつこさん。公演楽日に主演の岡本勲が顎が外れて、途方に暮れた公演だった。

『VERSUS　死闘編～最後の銃弾』（二〇〇三年一二月　於／池袋シアターグリーン）は、この本に収録されているもの。客演に「絶対王様」の有川マコトさん。三十年の長きに渡り小劇場演劇を支えてきたシアターグリーンの「ファイナル・シリーズ」の一本として上演した。シアターグリーンは装い新たに今後、再びオープンする予定。

この他にも新人公演などを含めると、もっと数は増えるのだが、ここでは基本的に本公演を中心に扱った。回想、終わり。

初めて戯曲集を出してから長い時間が経ち、劇団にもいろいろ変化があったが、わたしは今もこうして劇団で芝居を打っている。それは、とても幸福なことであると思う。この場を借りて、劇団員のみんなにお礼を言いたい。また、いつもわたしの芝居作りに協力してくれる常連のスタッフたちにも。そして、たいして売れもしないであろうわたしの戯曲をこうしてコンスタントに出してくれる論創社のみなさんにも。

戯曲集は、わたしにとってはみんなで作ったかけがいのないコドモのようなものである。多くの人に愛される人になることを祈るばかりだ。

高橋いさを

二〇〇四年六月

上演記録

『VERSUS　死闘編～最後の銃弾』

〈初演〉

［スタッフ］

●作・演出／高橋いさを●音楽／伊東たけし●照明／佐藤公穂●美術／斎藤浩樹●音響／小笠原康雅●衣裳／小田切陽子●大道具／黒沢みち（㈱東宝舞台）●音楽進行／木川田新●演出助手／緒方信一●宣伝美術／栗原裕孝●脚本協力／ストーリーバスターズ●舞台監督／元木たけし●企画製作／島田敦子／森由喜夫（㈲ノースウェット）●製作／郷右近望（㈱アクト・ワン）●制作／菅谷悦子／山田彩子

［キャスト］

●内藤／川原和久●原田／山本満太●榎／近江谷太朗●拳也／小梶直人●ナオミ／渡辺美紀●マキオ／神谷昌志●りんご／尾小平志津香●真介／松木史雄●元村／木村ふみひで●もえ／西田薫●伊東／伊東たけし

■日時／一九九五年三月一四日～一九日　場所／新宿シアター・アプル

〈再演〉

［スタッフ］

●作・演出／高橋いさを●照明／佐藤公穂●美術／元木功●音響／小笠原康雅（ＯＦＦＩＣＥ ｍｙ ｏｎ）●殺陣／川守田政宣（ＪＡＥ）●大道具／成本活明（㈱東宝舞台）●宣伝美術／ＧＴＬ●舞台監督／池田泰子●ステージ・コーディネーター／元木たけし（㈲ステージコーディネイトエムズ）●制作協力／井口恵子／潮田尚美（ＳＵＩ）●企画・製作／森由喜夫（㈲ノースウエット）●提携／池袋シアターグリーン●協力／絶対王様

［キャスト］

●近田真介／岡本勲●笠原／山本満太●榎本誠／児島功一●内藤虎雄／有川マコト（絶対王様）●拳也／川守田政宣（ＪＡＥ）●ナオミ／南口奈々絵●原田／高橋将和●ワン／センルイトオル●ヒデ／名田佳史●元村／木村ふみひで●伊丹（声のみ）／川原和久

■日時／二〇〇三年一二月一七日～二九日　場所／池袋シアターグリーン

『逃亡者たちの家』

〈初演〉

［スタッフ］

●作・演出／高橋いさを●照明／佐藤公穂●美術／斎藤浩樹●音響／小笠原康雅●衣裳／原まさみ●演出助手／長嶋誠也●大道具／東宝舞台●舞台監督／元木たけし●企画製作／島田敦子・森由喜夫（有）ノースウェット）●制作／菅谷悦子●制作（デスク）／高柳絵美・高橋寿美子●協力／全労済・㈱スペース・ゼロ・㈱ネビュラ・プロジェクト

［キャスト］

●大河原丈／川原和久●堂下耕介／山本満太●亜樹／西田薫●本郷聖一郎／細山毅●花岡桃代／渡辺美紀●金丸伝二郎／木村ふみひで●神宮寺／石橋祐●シスター斎藤／尾小平志津香

●ホテルのボーイ／松木史雄

■日時／一九九三年八月一五日～二四日・場所／新宿スペース・ゼロ

〈再演〉

［スタッフ］

●作・演出／高橋いさを●照明／佐藤公穂●美術／元木功●音響／熊野大輔●大道具／黒沢みち（東宝舞台）●舞台監督／池田泰子（ステージ・コーディネイト・エムズ）●企画製作／ノースウェット●制作協力／ＳＵＩ●協力／バンタンモデルアクターズカレッジ・バンタンミュージックカレッジ

［キャスト］

●大河原丈／西田大輔（ＡＮＤ　ＥＮＤＬＥＳＳ）●堂下耕介／岡本勲●本郷聖一／斉藤義信●花岡桃子／岩井香奈●金丸伝二郎／センルイトオル●神宮寺／高橋将和●亜樹／南口奈々絵●今井／吉川正秀●斎藤／窪田あつこ（花歌マジックトラベラー）●平田敏則／児島功一

■日時／二〇〇三年三月二七日～四月一日　場所／池袋シアターグリーン

高橋いさを（たかはし・いさを）
劇作家、演出家。
1961年、東京生まれ。劇団ショーマ主宰。
著書『ある日、ぼくらは夢の中で出会う』『バンク・バン・レッスン』『極楽トンボの終わらない明日』『八月のシャハラザード』『リプレイ』『I-note～演技と劇作の実践ノート』『映画が教えてくれた～スクリーンが語る演技論』『ハロー・グッドバイ～高橋いさを短篇戯曲集』（以上、論創社刊）など。

上演に関するお問い合わせ：
〒162-0814　東京都新宿区小川町3-3
飯田橋ISビル
劇団ショーマ事務所　㈲ノースウェット
Tel. 03-3260-9266　Fax. 03-5206-6338
HP. http:// www. interq. or.jp / kanto / fumi / showma / index. html

VERSUS死闘編
～最後の銃弾

二〇〇四年七月二〇日　初版第一刷印刷
二〇〇四年七月二七日　初版第一刷発行

著　者　高橋いさを
発行者　森下紀夫
発行所　論　創　社
東京都千代田区神田神保町二－二三　北井ビル
電　話　〇三（三二六四）五二五四
ＦＡＸ　〇三（三二六四）五二三二
振替口座　〇〇一六〇－一－一五五二六六

装幀　栗原　裕孝

印刷・製本　中央精版印刷

 ISBN4-8460-0489-9